我和你的半徑之間

七月隆文

The magic reaches
only the radius of us
Takafumi Nanatsuki

ぼくときみの
半径にだけ届く魔法

王蘊潔　譯

須和仁 攝影展

愛的致意

6.16 (Friday) – 7.2 (Sunday)

10:00 – 21:00

會 場 澀谷露芙蕾大樓8樓藝廊

門 票 500圓※小學生以下免費

Contents

1. 和她相遇

1

第一次造訪高級住宅區，果然不一樣。

首先，馬路筆直。

在東京的正中央，從來沒有看過這麼筆直又寬敞的柏油路，竟然可以這麼長，各有特色的房子整齊聳立在馬路兩側。這種景象令人感受到遠離了日常生活。

我帶著從專科學校時代就愛用的相機佳能7D，調整光圈，按下了快門。

一直通往遠方道路的透視感。

有著寬敞庭院的日本傳統房子。

非洲某國大使館。

這片瀟脫的寧靜讓我感受到一種很不踏實的不自在，但我還是從液晶螢幕上確認了自己拍的照片。

嗯，有幾張還不錯。

我點點頭，內心小有成就感，然後繼續往前走——

看到了一棟特別大的豪宅。

正確地說，我只看到外牆。紅磚牆上是像宮殿般的黑色鐵欄杆，欄杆內是綠色樹籬。即使在這片高級住宅區中，這棟豪宅仍然顯得與眾不同。

隔著外牆可以看到豪宅的二樓，有一扇引人注目的大窗戶。

窗框形狀的每一根線條，都可以感受到設計者的品味。在設計的世界，這些線條的差異會正確地反映在價格上，我猜想光是那扇窗戶就花了大錢。

我停下腳步，尋找以那扇窗戶為主題的理想構圖。

——這個角度不錯。

我看著觀景窗，正準備按下快門時——原本拉著的窗簾動了一下。

白色纖細的女生手指從窗簾的縫隙中露出來，然後滑向左側，拉開了窗簾。我立刻對焦。

最先映入眼簾的是一頭像瀑布般的黑色長髮。

然後是曲線纖細的下巴。她像微風般輕輕抬起下巴，整張臉龐出現在微陰的光影中。

我感受到自己的上眼瞼用力睜開。

公主。

她看向窗外的身影，讓我腦海中浮現出這個字眼，宛如在月光下的白色報春花。

我的手指自動設定相機的光圈，按下快門。

喀嚓。

聽到快門聲，我回過了神。

這是怎麼回事？

這個聲音我曾經聽過數萬次，但這一次完全不同。我完全搞不清楚到底是什麼狀況，只覺得一股清澈的寒意竄過皮膚內側，我不由自主地顫抖一下。

我舉著相機，茫然站在那裡。

這時，她不經意地轉過頭——看到了我。

我隔著鏡頭，和她四目相接。

她似乎還沒有搞清楚眼前的狀況。那雙好像在問「怎麼回事？」的清純眼眸閃閃發亮。

我就像別人脫帽致意般放下相機，前一刻隔著鏡頭，此刻用肉眼看她，她的身影變得遙遠。

她立刻領悟到是怎麼回事，向後退了幾步，拉起窗簾。

雖然我內心感到愧疚，但還是無法不馬上確認成果。

我確認了剛才拍下的照片。

內心有一種難以形容，卻很明確的預感和期待，我看著液晶螢幕，甚至忘了呼吸。

我感受到強大的衝擊，好像強烈的閃光燈貫穿身體。

太完美了。

主題、背景、構圖、光線和相機的設定都宛如奇蹟般完美地結合在一起。

只要我按下快門的動作慢零點幾秒，她的動作就會不一樣。而且今天剛好是這種微陰的天氣。在春天，在日本，在這個瞬間，如果不是在這個地點——如果不是這片光線照在她身上，如果發揮出反光板效果的白色窗簾顏色不同，即使是白色，如果不是這種白色……就無法拍出這種陰影。

完美無缺。

「……」

我吸了一口氣，找到那棟房子的入口，快步走了過去。

那裡有一道黑色鐵欄杆門。

我在門前停下腳步時，微風吹起飄落在地面的櫻花花瓣，從我面前滑過。

豪宅深處的厚實木門旁，放著鮮花和觀葉植物的盆栽。

——不知道這棟豪宅的主人是做什麼工作。

怎樣才能在這種高級地段建造這麼豪華的房子？

雖然威嚴的大門讓我有點畏縮，但我發揮出更堅強的意志，按了對講機。

『哪一位？』

對講機立刻傳來一個很有氣質的男低音，好像一直守在對講機旁。

「呃，」我發現自己的聲音有點沙啞，忍不住皺了皺眉頭，「我叫須和仁，我是攝影師……」

每次自稱是攝影師時，心情都有點苦澀。雖然我並沒有說謊，但其實任何人都可以自稱是職業攝影師，就連我這種完全沒有任何作品，完全接不到任何案子的三流攝影師也一樣。

『……攝影師？』

「對，我剛才拍了照片，希望可以同意我將照片公開。」

身為攝影師，必須徵求模特兒的同意，才能公開所拍的照片。

「我剛才在外面偶然拍到了府上千金——她站在窗邊的樣子，而且拍得非常好。」

在說「拍得非常好」時，聲音充滿了熱情。

「所以我希望能夠將那張照片上傳到我的社群網站，以及去參加攝影展，或是收入我的作品集……就是作品的樣本，想徵求府上千金的同意。」

一陣短暫的沉默。

『須和先生。』

「是。」

『可以讓我們看一下照片嗎？』

「喔——可以。」

『那我出去，請稍等一下。』

我聽到了掛上對講機的聲音。

陽光照在皮膚上的感覺，和周圍空氣的流動回到了意識中。

隨著木門開鎖的聲音，門打開了。

一名稍微年長的男人走了出來。

他一頭灰色頭髮梳理得很整齊，挺拔的身材看起來很有氣質，穿著白襯衫、深色的背心和長褲，看起來像一流飯店的工作人員，或是以前的總管——他讓人有這種印象。

「初次見面，我姓江藤，在這裡工作。」

——管家。

「初、初次見面。」

我以前從來沒有見過這種人，忍不住緊張起來。

「恕我失禮，可以給我看一下你拍的照片嗎？」
「喔，好。」
我找出那張照片，把相機交給了他。
「謝謝。」
他小心翼翼地接過相機，動作生硬地看著液晶螢幕。
我突然感到口乾舌燥，注視著他的樣子。
第一次出示自己的照片時，總是會感到緊張，因為別人的評價會影響自己的心情。即使自認為拍得很出色，只要別人說不好，相片就好像頓時褪了色。這種情況很常見。
怎麼樣？這張照片怎麼樣？
他瞪大了看照片的雙眼。這是最棒的反應。
──太好了！
我在內心吶喊。血流加速。這張照片果然是奇蹟。
他輕輕吐了一口氣後看著我。
「相機可以稍微借我一下嗎？我去拿給小姐看。」
雖然相機離開我的視線有點令人不安，但我還是點頭。因為我覺得他不像是會做一些奇怪行為的人。

他走回屋內後，我抬頭看著豪宅的二樓。那個女生會看到那張照片。光是想像這件事，就讓我雙腳酥麻，忍不住好幾次將重心換到另一隻腳上。

不知道她會不會同意？那張照片實在太完美了，如果她不同意怎麼辦？

我等在門口，宅配的貨車從我身後駛過，不知道哪一棟房子傳來黃鶯的叫聲。

門打開了，江藤先生走出來。

相機不在他手上。我有一種不祥的預感，正準備問他，他先開口說：

「小姐想要見你。」

……啊？

他的表情很平靜，但仍然無法掩飾內心的意外。我猜想這種情況應該很少發生。

2

脫鞋子的地方就差不多有一個房間那麼大。

正前方的牆壁上，掛了一幅裝在厚重的畫框內，看起來像是現代藝術的鮮豔幾何繪畫。

身處玄關，就可以感受到房子整體的寬敞和牢固。

「請進，鞋子放在那裡就好。」

我動作生硬地脫鞋進屋，跟在他身後，沿著走廊進去。

我看到空間開放的客廳，挑高的空間就像是雜誌上的照片，看起來很高級的傢俱一塵不染。

我感到震懾，只是覺得……

這裡完全沒有生活感。

沿著平坦的螺旋階梯來到二樓的走廊，隔著白色窗簾照進來的淡淡陽光讓整個空間變得很柔和。

就是那扇窗戶。

這裡就是她剛才站立的位置。

江藤先生在深處的一道門前停下腳步，恭敬地叫了一聲：

「陽小姐，我帶他來了。」

她的名字似乎叫陽。

門內沒有回應，但江藤先生似乎聽到了我聽不見的動靜，握著門把，開了門。

然後他退後一步，讓我先走進房間。

「……」

我猶豫片刻後進去。心臟在肋骨內強烈主張自己的存在。我就像在參加面試般垂下雙眼走進門，然後——抬起了頭。

眼前是一片白色。

牆壁和天花板全都是白色，投影機將漂亮的風景照和影片打在上面，充滿夢幻的色彩讓人聯想到陽光打在鑲嵌玻璃上。

因為工作的關係，我最先注意到這些要素，然後才看向房間深處。

那裡有一張白色的床。

她靠在層層堆疊的枕頭上迎接我。
我仍然覺得她就像在雪中盛開的花。她的年紀比我稍微小幾歲——可能二十歲左右，看起來有點稚嫩，似乎還不太適合稱她為女人。
「很高興認識你。」
就像是溫暖的白雪。她的聲音帶著這種矛盾的質感。
「我叫幸村陽。」
她很有禮貌地欠身並微笑。當她抬起頭時，露出了臉頰至下巴的光滑線條，她天生有一張很討人喜歡的臉。
我看著她的臉出神，眼前遠離日常的景象讓我整個人陷入了茫然。
「呃……」
聽到她的聲音，我才回過神。
當她雙手舉起時，我才終於意識到那是我的相機。
「我看了照片。」
我的心跳開始加速。
我想起了自己身在此處的目的。沒錯，她看了那張照片。

我等待她的下文。

她微微皺了眉頭，抿著嘴唇，似乎在忍耐什麼，然後露出了好像宗教畫般的微笑。

「太久沒看到從外面看過來的自己了。」

她說完這句話，拉了拉身上的開襟衫。

她的話讓我感到有點不太對勁，還來不及思考，她又開口。

「聽說你是職業攝影師，好厲害。」

她看我的眼神充滿尊敬。

「……不。」

我感到很難為情，苦笑說：

「任何人都可以自稱是職業攝影師，一點都不厲害，我完全接不到工作，沒辦法靠攝影養活自己，也可以自稱是職業攝影師。」

我不小心把不必要的話也一股腦說出來，頓時覺得讓房間內的空氣變混濁了。

「——江藤先生，我沒事。」

她看著我的身後說。

回頭一看，發現站在門旁的江藤先生一臉緊張地看著我。

江藤先生聽了她的話後，恭敬地鞠了一躬。

什麼意思？

我無法理解他們對話的意思。

「須和先生，」她叫著我的名字，「我聽說你希望我可以同意你公開這張照片。」

「啊——對。」我調整了心情，向她說明，「我希望可以同意作為我的作品，像是去參加攝影比賽，或是收進我的作品集，或是上傳到社群網站上。」

「……作品集是什麼？」

「就是把作品編成一冊，讓別人瞭解『這是我拍的作品』，然後拿給出版社的人看，向他們爭取接案。」

「原來是這樣。」

她似乎感到遲疑。

「雖然會被別人看到，但我從來沒有聽說過因此造成什麼問題。」

我繼續努力為自己爭取。因為我無論如何都很希望可以使用這張照片。

「不一定要全部同意，也可以只同意參加比賽或是其中某一項……拜託妳了。」

「啊，請你把頭抬起來。」

當我抬起頭時，看到她困惑地皺著眉頭，但在察覺我的視線後，立刻揚起嘴角，擠出一個近似微笑的表情。

她的這種刻意，或者說是刻意做給別人看的表情深深烙在我的心上。

她再度看著照片，陷入沉默，似乎正在思考。

我再次打量寬敞的房間。

她似乎有什麼特別的狀況。

雖然我不知道是什麼狀況，但這種想法應該沒有錯，所以她才會這麼猶豫。

她沉默了很久，正當我閃過悲觀的想法時，她終於開口。

「如果只是收在你的作品集中的話……」她看著我說道，「如果只收在作品集中，那就沒有問題。」

我輕輕吸了一口氣。

雖然無法用這張照片去參加比賽很可惜，但對目前的我來說，爭取工作更重要。我在內心這麼想。

「太好了。」

我脫口說道。

她突然瞪大眼睛，把右手放在胸前，眨了兩次眼睛後笑了。
我覺得那是我和她之間心靈相通的片刻。
「請問，我還可以看一下其他照片嗎？」
「可以啊。」
她看著相機的操作面板，露出不知所措的表情。
「轉動那個轉盤就行了。」
「轉盤？」
「呃，就是那個像齒輪一樣的圓形東西，往左轉就行了。」
她按照我的指示做了之後，瞪大了眼。
那些是我在這片住宅區和附近邊走邊拍的照片。
但是為什麼她的眼神那麼專注？
「啊，那棵櫻花樹！」
哪一棵？我還來不及問，她就先把液晶螢幕出示在我眼前。
那棵櫻花樹就在這棟房子附近的十字路口，雖然大部分樹枝都被剪掉了，看起來有點可憐，但仍然頑強地綻放櫻花。

「因為我覺得這棵樹的位置和形狀很有趣。」

「是喔。」她聽了我的說明，似乎覺得很佩服。她的反應讓我覺得心癢癢的。她停頓了一下，確認我已經說完，才低頭重新看照片。

「已經是葉櫻了。」

「嗯嗯，這棵樹長葉子的時間可能比較早，其他地方的櫻花樹還沒長這麼多葉子。」

「好懷念啊。」

她小聲嘀咕著，轉動著轉盤。我正對她的這句話感到納悶，她又把相機出示在我面前說：

「這個公園。」

「……我也覺得很有意思。」

公園的兒童廣場上，設置了小型號誌燈和斑馬線，好像是迷你版的駕訓班。

「我小時候也曾經去玩過，和妹妹比賽滑板車。」

啊，那裡是森田的家。

這條馬路也好懷念。

看著她打量那些照片的樣子，剛才的預感更加強烈了。

因為我拍的都是這棟房子附近的風景，但她臉上的表情就像是回到了睽違多年的故鄉一樣。

她看完最後一張。

房內陷入沉默。她被映照在白牆上的夢幻風景包圍，輕輕開口。

「須和先生，我因為生病無法外出。」

我一下子無法做出任何反應。雖然腦海中浮現很多想問的問題，但無法就這樣大剌剌地發問。

「啊！」

這時，她坐起身，好像想起什麼重要的事。

「對不起，讓你一直站在那裡，應該找地方讓你坐。」

她巡視房間內，然後掀開身上的被子，準備下床。

「我來搬椅子。」

在我打算制止她的同時，江藤先生說：

「陽小姐，我請人馬上拿過來。」

江藤先生立刻用手機和其他人聯絡。

「不好意思，我剛才都沒有發現……」

她滿臉歉意地低下頭，注意到手上的相機，露出慌張的表情。

「啊，這個，謝謝你。」

她舉起相機，表示準備還給我。江藤先生快步走過來，從主人手上接過相機。

「你拍的照片很美。」

「沒有……」

我在說話的同時接過相機，感受著熟悉的感覺。

當她和我眼神交會時，立刻移開視線，只有嘴角露出微笑，似乎有點坐立難安。我猜想她的個性很敏感。

「……那我就告辭了。」

我差不多該閃人了。

「謝謝妳同意，這張照片真的很棒，我很高興能夠拍下這張照片。」

在我鞠躬之前，看到她的嘴唇似乎想要說什麼。正當我準備走向門口時，她叫住了我。

「請問──」

我回頭看著她，發現她顫抖一下，渾身緊張，張開的嘴很用力。

「可以請你為我拍照嗎？」

「啊？」

「可以請你為我拍外面的照片嗎？」

她的眼神中透露著內心的迫切。

我恍然大悟。

牆壁上許許多多的風景照應該都是網路上的照片，或是攝影集的檔案圖，有些我也曾經看過。

「你的照片有這些照片中所沒有的、可以說是質感的東西。」

我相信應該是生命力。

比起拍得完美無缺的電視節目，素人上傳的影片更有溫度。差不多就是這種感覺。

「可以和我分享透過你的眼睛看到的世界嗎？」

雖然我不瞭解詳細的情況，但她因為生病無法外出，希望我為她拍照。我認為沒有理由拒絕。

我正打算答應時，她突然用雙手捂住了臉。

「我剛才說了很害羞的話吧。」

什麼話很害羞？

「……我說世界……」

喔喔。

她的耳朵都紅了。

「——江藤先生，我沒事。」

她又說了一次同樣的話。回頭一看，江藤先生似乎瞭解她的意思，站在原地不動。這種對話到底是什麼意思？

先不管這些。

「……沒問題。」我回答說，「我會拍照片給妳。」

她聽了我的回答，放下了捂著臉的手，注視著我。

然後對我露出了微笑。

我陷入一種錯覺，房間內的光線似乎改變了，整個空間都飄了起來。

「啊，」她慌忙補充說，「我當然會支付酬勞。」

我忍不住苦笑起來。她看起來像大家閨秀，但行為舉止就像小動物一樣，兩者的落差太有趣了。

就這樣，我開始為她拍照片。

3

指定範圍遮罩後，用色調曲線來調整色調。

晚上，我在租屋處後製白天拍的照片。

『目前市面上所有的照片，沒有一張不經過後製。』

在專科學校上後製課時，老師說的這第一句話令我印象深刻。

我把照片儲存到電腦後，用Photoshop等後製軟體進行修正，改變顏色和陰影。模糊、刪除、合成，在上課時，對後製竟然如此方便感到驚訝，然後也瞭解到這已經是時下攝影界的標準。

但是，這張照片……

我看著電腦螢幕顯示的她的照片。

我使用步驟記錄功能，復原成修圖前的狀態。

——我就知道。

我覺得不修圖似乎更好。

上了年紀的老師說，沒有數位相機的時代，攝影師無法修圖，一按快門就決定了勝負，所以在按快門時卯足全力。

我覺得這張照片也拍出了這種感覺。

我坐在和室椅上，看著電腦螢幕，感受著內心湧起的感覺，按下了列印鍵。

正當我看著印表機以細條的方式輸出照片時，手機響了。

看到手機螢幕上顯示的名字，我的胃微微縮了起來。

『加瀨』。

他是我專科學校時的同學，經常玩在一起的幾個人之一。

「……喂？」

『嗨！最近還好嗎？』

擴音器傳出的宏亮聲音響徹三坪大的房間。

「好久不見……怎麼了？」

我發現自己的聲音聽起來很生硬，忍不住咬緊牙關。我記得上一次和他說話已經是前年了。

『你該不會在睡覺？』

「不，並沒有。」

以前並不會有這種緊張的感覺。

加瀨完全沒有變，但難道只有我覺得他說話的聲音很有氣勢，或者說聽起來從容不迫嗎？

『這次決定要辦同學會，你也來參加吧。』

「啊？」

『這次由我當幹事，花木也說要來。』

「花木也……」

『難得我們三個人可以聚一聚！對不對？』

——我不想去。

「好，什麼時候？」

但我不願這麼回答。

加瀨在告訴我日期後，隨口問道：

『你目前住在哪裡？』

「還住在日吉啊。」

『喔，還住在那個公寓！超懷念啊，下次再去你那裡聚一聚。』

「好啊……」

『太好了！那同學會的事就說定了！先這樣。』

他掛斷電話，留下風暴過後的餘韻。

我放下手機，轉頭打量自己的房間。

只看到屋齡二十年，輕量鋼筋的套房風景。

從澀谷搭東橫線二十分鐘到日吉車站，從車站走過來五分鐘的距離，因為離當時就讀的專科學校很近，那時候就咬牙租下了。

以前，我和加瀨，還有花木三個人經常聚在這裡。

我們經常把整天都不折的被子挪到一旁，一起在這裡喝酒，喝酒時幾乎不聊照片的事，只顧著玩遊戲、煮火鍋，聊一些現在根本想不起來的事到天亮。

但是……

加瀨是個怪胎。他的興趣是潛水，他基於「如果成為攝影師，就可以免費潛水」的理由，辭掉原本的工作，跑來讀專科學校。目前他充分運用這種活力，在廣告業界很活躍。

花木是天才，在求學期間就在被譽為新人登龍門的兩大攝影比賽中得獎，以鄰家兒童為系列拍攝的作品集很暢銷，很多女生都很愛他的作品，如今是攝影界最有名的年輕攝影師之一。

只有我，至今仍然在這裡。

從學校畢業至今，只有年紀大了四歲而已。

我不再打量房間，再度看向電腦螢幕。

再次為她的照片修圖。

「………唉！」

我重重地倒在和室椅的椅背上。

「媽的！」

我吐露出心情。

天花板上熟悉的木頭紋路，圓圈形的日光燈。

飄忽的視線角落掃到了列印完成的照片。

我用指尖拿起照片，拿到自己面前。

然後目不轉睛地打量。

我把照片放在鍵盤旁，然後又用步驟記錄功能將照片恢復原狀。

緩慢的嘆息滲進了深夜的公寓牆壁。

4

「走過來。」

戶根先生舉著相機，向並排站在那裡的模特兒發出指示。

「預備、走，咚、咚、咚。」

戶根先生一邊倒退，一邊拍攝走在斑馬線上的模特兒，簡直就像拳擊手的上半身完全沒有搖晃。

「有車子要轉彎。」

我通知他們，有轎車要在路口左轉，為退回人行道的戶根先生和其他人佔位置的同時，向司機鞠躬道歉。

我正在打工。

我從學生時代就在這家個人攝影工作室打工，工作內容是搬運攝影器材和打掃，出外景的時候負責看好行人。總之就是打雜。

「吹點風。」

助理雙手抱著攜帶式送風機，把風吹到模特兒身上。

車子駛過之後，他們又以相同的方式在斑馬線上走來走去。

「我先看看。」

戶根先生用放在架子上的筆電確認拍出來的成果。因為要確認顏色，所以用黑色罩子遮住，他必須把腦袋伸進去才能看到。新來的工讀生夏希用折疊式反光板為他遮陽。

立刻有人從模特兒的保姆車上走下來，為兩名模特兒撐起大陽傘。

這裡是神宮前三丁目的路口，離位在原宿的攝影工作室很近。

雖然是清晨，但已經有車輛和行人來往。只是拍攝的空間似乎有一半脫離了現實。

模特兒站在戶根先生身後看著螢幕。每個人應該都很在意自己拍出來的樣子，幾乎所有模特兒都會看一下。

委託這次攝影工作的雜誌編輯，和長得很像倉鼠的熟識化妝師站在他們後方，包括我在內，總共有十個人擠在人行道角落。

「上衣看起來不像只有一千圓。」

模特兒看完之後閒聊起來，他們身上穿的都是快時尚的衣服。最近雜誌上經常有這種特輯。

我假裝看著他們，但視線集中在夏希身上。

她上個月才剛來，一臉嚴肅為戶根先生遮陽。

她染了一頭明亮顏色的頭髮有點鬈，看起來就像是一隻戴了眼鏡的小貓。

夏希察覺我的視線，我慌忙想要掩飾時，她對我笑了笑，揮揮手。

我內心頓時充滿激動的幸福。

「OK，拍完了。」

在戶根先生宣布的同時，我們這些打工的和助理就立刻開始收拾。我把兩個大包揹在肩上，沿著緩和的坡道一路向下，回攝影工作室。

夏希空著手，很不自在地走著。這個攝影工作室貫徹「自己找事做」的方針，所以大家都會搶事做。

結果就變成越是像我這種資深的人，就會扛越多東西，新進的人員不知道該怎麼做，往往就搶不到工作，結果只能空著手。我剛進來時也一樣，當時覺得很痛苦。

「夏希，妳要不要幫忙拿這個？」

「啊？」

她知道我想要幫她，想要推辭。

「我覺得這個很重，妳揹應該會很累，所以就給妳拿吧。」

「這會不會太過分了？」
她被欺負時的反應太可愛了。
在和她聊這些時，我喜歡上她了。

由於比原定計畫提早結束，所以在下一個行程之前出現了空檔。必須趁空閒時趕快吃午餐。我很快吃完了便利商店買的三明治。
「戶根先生。」
戶根先生在工作室的會客室滑手機，我叫了他一聲。
「可以請你指導一下我的本子嗎？」
本子是作品集的另一種說法。
「嗯。」
戶根先生放下手機，伸出粗壯的手臂，接過我遞給他的作品集。
我看著他翻開作品集，不由得緊張起來。
雖然之前曾經多次請他指教，但這次特別緊張。因為我把那張照片放在最後一頁。
戶根先生一直在廣告界第一線很活躍，不知道他看了那張照片後會說什麼。我的內心充滿了期待，和擔心期待被粉碎的恐懼。

戶根先生翻開前面幾頁，立刻皺起了眉頭，原本就翻得很快，一下子變得更快了。這是不好的徵兆。我內心隱隱作痛。

但是，最後一張，還有最後一張……

沒想到——

「嗯……」

戶根先生翻到一半停下，用力抓著染過的頭髮，轉頭看著我。

「你喜歡什麼？」

「啊？」

「你答不上來吧？」

戶根先生戳了戳本子的角落。

「無論看了幾次，都完全感受不到。」

「……」

意想不到的打擊讓我的大腦停止思考。

喜歡的東西——但是這本作品集中的照片是我去了很多地方，拍了很多覺得很不錯的畫面，然後再從中精挑細選出來的作品。

但是，為什麼我答不上來？

戶根先生將視線從沉默的我身上移開，吸了一口電子菸，立刻聞到一股焦味。

「你不是想當攝影作家嗎？」

「……對。」

我小聲回答，好像在深海嘆氣。

因為我知道戶根先生的言下之意，在說我並不適合。

「當攝影作家沒辦法養活自己，只有寥寥可數的幾個人有辦法，花木就是那種少數人。」

我低著頭，咬緊牙關。

會客室內悠揚的西洋音樂在腦海中迴響。

「你要不要去問一下花木？」戶根先生說，「他應該更瞭解最近的情況，而且你們之間也比較好聊吧。」

我無言以對。

「他還好嗎？」

「……應該吧。我們最近很少聯絡。」

「既然有這種暢銷攝影作家的朋友——」

這時，戶根先生的手機震動起來，有人打電話給他。

「啊，你好你好，謝謝你的關照——沒有沒有。」

應該是熟識的客戶，他們立刻聊了起來。

我必須識相一點。

我拿起只看了一半的作品集，鞠了躬，走出會客室。

花木目前是全日本少數幾個能夠只靠當作家養活自己的攝影師之一，他拍的照片很有溫度，看了會讓人不禁嘴角上揚，所以受到大眾的喜愛。他尤其擅長人物攝影，也許他是我目前最適合請教意見的人。

但是——

走下幾級階梯，穿越攝影棚，走向同時堆放器材的員工休息室。

「仁哥！」

夏希雙眼發亮地走了過來。

「什、什麼事？」

「花木良祐是你的朋友嗎？」

興奮的心情一下子平靜下來。

「妳之前沒聽說嗎？」

「我只聽說他以前也在這裡工作，但現在才知道是你的朋友。」

以前花木和加瀨都曾經在這裡打工，這件事也成為這個攝影工作室的傳說，戶根先生經常向客戶提起這件事。

不知道當初告訴夏希這件事的人是因為好心，所以才沒有提到我，還是覺得我根本不值得提起。

「我超喜歡他！有辦法見到他嗎？不行嗎？」

我從來沒有看過夏希這麼激動過，從她的熱情中，就可以感受到她真心喜歡花木。我費了好大的力氣，才沒有讓這種溫度扭曲我的內心。我不能這麼不爭氣。

「下次我問他看看。」

「真的嗎！？太好了。」

她天真地高舉雙手歡呼起來，然後連續拍著我的肩膀。

二年級那年暑假，花木、加瀨和我三個人一起在這裡打工。

最後只有我繼續留在這裡。

因為覺得很丟臉，很想馬上辭職，但又不想讓周遭的人察覺我這種想法，所以就一直拖到今天。

我知道可以拿自己的作品，請教花木的意見。

但是——我的自尊心不允許我這麼做。

雖然我告訴自己，是因為擔心他毫不留情的評論會破壞我們之間的關係，但其實就是對同學成為了我理想中的人感到心有不甘，內心有芥蒂而已。

我知道自己很沒出息，但也無能為力。

5

「各位同學，感謝你們今天來參加同學會！」

加瀨站在代官山的夜景前，帶領大家一起乾杯。

他一頭長髮，五官輪廓很深，很像義大利人，皮膚曬得黝黑，全身上下都表現出他熱愛水上運動。

這裡是一家墨西哥餐廳的屋頂酒吧（據說屋頂酒吧就是在大樓的屋頂露台喝酒的地方）。屋頂酒吧內放著素雅的布沙發，暖色的照明打造出一個很有氣氛的空間。很像是加瀨會挑選的餐廳。

「那就一起來乾杯！」

我和大家一起舉起酒杯，和坐在附近的幾個老同學乾杯。

專科學校的同學會開始了。

我在最後和坐在我旁邊的花木乾了杯。

他瘦瘦高高，有點不可捉摸，看起來就像是很有個性的明星。以前班上的女生曾經開玩笑說他「像妖怪」。一年半未見，他看起來完全沒變。

「真的好久不見了。」

我不知道該說什麼，只能在剛才見到他時的話中加上「真的」兩個字，又重複了一遍。

「是啊。」

花木渾厚的聲音回答，但沒有下文。他向來話不多，我無法忍受這種冷場。

「最近怎麼樣？果然很忙吧？」

我知道自己看起來一副低三下四的樣子，而且超討厭這樣的自己。

「雖然大家都這麼問，但其實也還好。」

花木我行我素地喝著烏龍茶。

「花木，」幾個坐在不遠處的女生問他，「聽說你要為西山藍拍寫真集！？」

「喔，對啊，其實已經拍完了。」

「好厲害！」

這個驚呼的女生就是以前說花木「像妖怪」的人。

聽到超有名的偶像名字，周圍的男生也都紛紛說花木很厲害。我也很驚訝。原來花木還接了這種案子。

我根本看不到他的車尾燈了——

「西山藍本人怎麼樣？」

大家立刻七嘴八舌地打聽起來，我不時瞄著花木，慢慢喝著自己的薑汁汽水加威士忌調酒。

「嗨！」

加瀨從另一側走過來。

他來到我旁邊的空位，當他重重坐下時，我感受到一股風壓。

「乾！」

他把手上的香檳杯伸到我面前。

「乾杯！」

我和他碰了杯。

「謝謝你來參加。」

他能夠輕鬆說出這種話，我認為是他的美德。

「不，你擔任幹事辛苦了，應該很累吧。」

更何況你這麼忙。我好不容易才沒有把這句話說出口。

「還好啦，我只是覺得差不多也該聚一聚了。」

他用熟練的動作喝著香檳。我覺得他的舉手投足都散發出以前所沒有的氣場。

「仁，最近怎麼樣？」

「嗯……」

我內心天人交戰，不知道該怎麼回答。

「加瀨。」

以前讀書時，沒有太多交集的同學來到加瀨身旁，瘦瘦的臉上露出輕快的笑容。

「可以借一步說話嗎？」

「好啊。」

加瀨不慌不忙地站起來，那個同學帶他走去沒有人的角落說話。八成是請加瀨幫忙介紹工作，或是想要和他合作。

我孤伶伶地留在原位。

今天同學會的主角果然是班上最有出息的花木和加瀨，大家都要找他們聊天。

我很客觀地在內心做出結論。

「那裡現在常常有遊覽車去，已經不行了。」

「啊，變得那麼熱門了嗎？」

「在Instagram上出了名之後就沒戲唱了。」

斜對面的幾個同學正在討論拍風景照的景點，某個秘境已經不再是秘境了。我加入了他們，和曾經有過交集、沒有太多交集的老同學一起打發同學會的時間。

大家幾乎都在攝影工作室工作，境遇都差不多。

「我上個月升上攝影師了。」

「喔，恭喜啊！」

「有沒有要你拍什麼？」

「空啤酒罐。」

「聽起來好難喔。」

有人在工作室內從助理升為攝影師。

「我跟你們說啊，我的照片下次會刊登在攝影雜誌上。」

「我上次上傳的照片有將近五萬個讚，追蹤人數一下子增加了不少。」

也有好幾個人漸漸在業界建立地位，有了不錯的表現。

——我到底在幹什麼？

我對自己感到煩躁和焦慮，幾乎沒吃什麼菜，也沒喝什麼酒。

同學會終於結束了。

加瀨宣布結束，我以為他會安排大家去續攤，但他完全沒有提這件事。大家都猜想他應該很忙，所以沒有人說什麼。

大家在收拾東西準備回家時，相互問著：「等一下有沒有安排？」我沒有這份心情，早早走出了餐廳。

我看著地圖，沿著狹窄彎曲的小路來到代官山車站。

來到昏暗的水泥月台上鬆了一口氣時，手機接到電話。

是加瀨打來的。

『你人在哪裡？』

「……車站。」

『動作也未免太快，』他吐槽一下，『還沒搭電車吧？我和花木馬上去找你。』

啊？

6

便利商店的袋子發出沙沙的聲音。

我們三個人像這樣走去我的公寓，真的有一種回到當年的感覺。

「這一帶都沒有改變。」

加瀨打量著狹小的巷子嘀咕道。

花木打量之後，也露出同意的表情。

等一下要去我家續攤。加瀨似乎原本就有這樣的計畫。

我的租屋處出現在前方。

寧靜的住宅區內，毫無個性的兩層樓房子浮現在日光燈微弱的白色燈光中。壽命將盡的日光燈閃了一下，我覺得超丟臉。

花木從皮包裡拿出膠捲相機，稍微走了幾步，喀嚓、喀嚓拍了兩張。

「我也要拍，我也要拍。」

加瀨也拿出iPhone拍照。

我目前所住的地方成為他們的紀念。這件事讓我內心隱隱作痛。

我努力克制了這種想法，把鑰匙插進鑰匙孔。

一打開門，立刻看到了熟悉的脫鞋處和小廚房。

「喔，超懷念！」

「是你公寓的味道。」

他們兩個人分別表達了感想。

「我收拾收拾，你們等我一下。」

「即使很亂也沒關係啦。」

「當然有關係。」

我把廚房和房間之間的玻璃門關起來，開始收拾攤在榻榻米上的東西。

「既然要來，就該早說啊。」

「就是要意外驚喜才好玩啊。」

「這種招數用在你馬子身上就好。」

「有啊，上次我臨時起意，帶她從羽田飛北海道吃拉麵，她超開心。」

「真的假的？」

「她之前就說很想去一家拉麵店吃拉麵，結果她眼睛都亮了起來。女人真的很喜歡驚喜，你也找機會試試？她一定會超開心！」

「加瀨，我覺得你在這方面很厲害。」

花木很認真地稱讚他。

「讓你們久等了。」

我整理完房間後，讓他們進屋。

「沒錯沒錯，仁的房間就是這種感覺。」

「只有筆電不一樣而已？」

「史泰欽的照片，還有這張矮桌都還在！哇，我快起雞皮疙瘩了。」

「小聲點，會吵到隔壁鄰居。」

「對對，我忘了。」

我們把買來的酒和下酒菜放在矮桌上。

葡萄柚汁兌燒酒、思美洛伏特加、烏龍茶、洋芋片、巧克力、鱈魚乳酪、腰果。打開之後，所有的味道都混合在一起，真的好像回到了當年。

「那就再來一次。」

我們壓低嗓門乾了杯。

畢業之後，我們三個人第一次在我公寓喝酒。

「聽說澤田要結婚了。」

「真的假的？」

話題還是圍繞著剛才的同學會。

「我一開始沒認出山口。」

「她以前是不良少女啊。」

「花木，你不是和她互加了LINE嗎？」

「因為她說要加我……」

我們聊著誰和誰交往，然後又分手了這類無關痛癢的話。

但我漸漸覺得這樣的聊天有點不自然。

他們完全不提自己的工作。

——他們很在意我。

這種想法越來越強烈，我終於無法忍受這種窒息的感覺，自己主動提了這個話題。

「加瀨，我聽到你和大家說，之前去了關島。」

「嗯？是啊。」他若無其事地回答，「去拍夏天的照片。」

「原來是這樣。」

廣告基本上都走在季節的前面，所以目前要拍攝夏季的廣告，也就是需要夏天的戶外光線。

「真是大手筆啊。」

花木語帶佩服地說。通常都會用燈光或是後製處理，盡可能避免在戶外或是出國的企劃。

「的確花了不少錢。」

加瀨微微移開視線，事不關己地談論著可以感受到一定是大客戶委託的工作。

「好厲害。」

我只能坦誠地稱讚。

「戶根先生最近還好嗎？」

加瀨改變了話題。他們果然很在意我。

「很好啊，他經常提到你和花木。」

這時，我想起一件事。

「……對了，花木。」

「什麼事？」

「有一個女生說想見你，是最近來打工的女生。」

我想起了和夏希的約定。即使我不遵守這個約定，也不會被人發現，但我覺得這樣太卑鄙了，不想這麼做。

「那個女生說超欣賞你。」

「喔喔。」

花木沒有太大的反應。

「你要見她嗎？」

「不，不用了。」

他毫不猶豫地回答。他似乎仍然對戀愛沒有興趣。

「是喔。」

我不想被人發現鬆一口氣，盡可能輕描淡寫地應了聲。

加瀨看著我們，然後放下手上的酒杯。

「有沒有什麼可以玩的？」

他站了起來，在我房間內物色。

「我記得以前有遊戲機啊。」

「賣掉了。」

「啊，我也不再玩遊戲了。」

花木不知道什麼時候拿起了我的作品集。

「啊！」

我忍不住叫了起來。剛才應該把作品集也收起來。

我還來不及制止，花木就自己開始翻。

「喔，你的作品集嗎？」

加瀨也在花木旁坐下。

「……」

我無可奈何，只能坐在對面看著他們。放在腿上的拳頭因為緊張而握緊。

他們一頁一頁翻著，什麼話都沒說。我覺得他們的眼神中透露出內心感到無趣。

加瀨在思考要怎麼評論，花木幾乎快要脫口而出了。

我的心跳加速。

但並不完全是因為他們目前的反應讓我受了傷——更因為他們即將翻到最後一頁。

那張照片。

如果他們看了那張照片後，仍然是這種反應。如果他們認為那張照片也不怎麼樣，我應該會受到沉重的打擊。光是想像一下，胃就快要咕咕叫了。

他們終於——翻到了最後一頁。

太好了。

我在這一刻，終於瞭解到什麼叫眼神大變。那是光線變強，導致瞳孔相對縮小的變化。

加瀨微微挑起眉毛。

「……不錯啊。」

他的嘀咕聲傳遍三坪大的房間內，我這才發現房間內很安靜。

「仁，」花木一臉開朗的表情看著我，「這張照片很讚。」

我覺得身體深處一下子熱了起來。

花木對照片的好壞很坦白，他認為好就會說好，認為不好也會直言不諱，所以在學生時代，曾經好幾次和包括我們在內的班上同學發生衝突。在畢業之前的兩年期間，花木從來沒有稱讚過我拍的任何一張照片，如今竟然稱讚我。

「我認為是傑作。」

他對我的照片竟然有這麼高的評價。

我覺得眼睛深處很痛，稍不留神，恐怕就會哭出來。

「該不會沒有後製？」

加瀨看著照片問我。

「沒有。」

「是喔！」

他用奇怪的聲音叫了一聲，露出工作時的銳利眼神，再度打量著照片。

「一旦修圖，會毀了這張照片。這張照片簡直是奇蹟。」

「這個人是誰？應該不是職業模特兒吧？」

「對，我也想問，她好漂亮。看起來像是偶然拍下的，你有沒有去找她？」

「有，我已經徵求過她的同意了。」

「她是誰？她是誰？看起來像是有錢人家的千金小姐。」

我簡單地說明了和她之間的事。

她住在一棟很漂亮的豪宅內，得了不能外出的病，同時委託我拍照。

他們一臉嚴肅地聽我說完，加瀨說：

「你應該拍成系列。」

花木也點頭。

系列——就是連續為她拍照，然後匯集成一本作品。

如果去參加攝影比賽，一旦得獎，就可以作為資歷。如果受到好評，就可以舉辦展覽，出攝影集，開拓我夢寐以求的攝影作家之路。我也很希望能夠試一試。

「……但她只同意我放進作品集。」

「跪求她啊。」

「什麼？」

「既然拍出了這張照片，當然只能衝了啊。身為攝影師，是以攝影師身分的須和仁跪求她。」

加瀨會說這種話，代表他已經有了醉意。

「然後在攝影比賽中得獎，一下子爆紅，讓花木哭著向你道歉。」

「我為什麼要道歉？」

「你是認真的？」

加瀨吐槽他。

「總之，我希望你走紅。」

「為什麼？」

「如果你走紅了，我們就可以無憂無慮地喝酒了啊。」

加瀨說完之後，才露出說錯話的表情。

我能夠瞭解他想表達的意思。

他們果然很在意我。

加瀨借著醉意繼續說下去。

「像現在這樣，彼此都覺得怪怪的吧？」

我體會著加瀨的感受，和對自己的懊惱。

「……是啊，很怪。」

寂靜的沉默降臨在深夜的房間內。雖然和學生時代不同，卻是充滿熱情、青澀和專心投入的空氣。

哈啾。

花木打了一個噴嚏。

「對不起。」

「喂！我們正沉浸在這種很美好的感覺中！」

「所以我才說對不起啊。」

加瀨想要伸手去抓花木，膝蓋撞到了矮桌。

「好痛！」

「小聲點！」

一看時鐘，快十二點了。

我們應該一直會喝到天亮，然後他們搭頭班車回去。

7

我開始執行她委託的工作。

我在澀谷換了山手線，來到目白。

到底要拍什麼？我想了很久，最後決定來這個離她家並不遠，但她應該很陌生的地方。

如果是我也不知道的地方，就會有新的發現，那就一舉兩得。我覺得可以藉由照片，將這種新鮮的感覺傳達給她。

我走上月台的階梯，看到有幾個幼兒園的小朋友從驗票口走過來。

可能他們剛放學，有十幾個小朋友和媽媽牽著手走過來。那幾個媽媽穿著都很正式，小孩子的制服看起來也很有來歷。一定是貴族幼兒園。

我對著他們按下了第一次快門。

正統的制服和天真無邪的臉龐之間的對比很可愛。

不知道她喜不喜歡小孩子。

我腦海中閃過她瞇眼端詳這張照片的樣子。

我走出驗票口，來到街上。

我按了豪宅的對講機，江藤先生立刻讓我進屋。

房子內仍然很空蕩，我看著遠方的客廳，感覺好像走在透明度很高的湖底。

「今天很暖和。」

江藤先生對我說。

「喔——是啊，春天終於穩定下來的感覺。」

「聽說上個星期有些地方還下了雪。」

「好像是。」

我走上樓梯時問：

「請問……」

「是。」

「請問其他家人都去上班了嗎？」

我盡可能輕描淡寫地問。

「是的，大家都出門了。」

江藤先生的回答很簡潔。

來到二樓，走廊灑滿一片陽光。我想起了上一次造訪時的記憶，影像在腦海中變得更加清晰。

「須和先生。」

「是。」

江藤先生在門前停下腳步，轉頭看著我。他臉上恭敬的淡然表情可以感受到他身為管家的專業。

「陽小姐很期待今天。」

「……」

我還來不及回答，江藤先生就敲了門。

「陽小姐，我帶須和先生來了。」

江藤先生停頓片刻之後，打開門。

門內是白色的房間。

今天的牆壁和天花板上沒有任何圖案或影像，富有質感的水泥寬敞空間，宛如現代建築家設計的教堂。

「好久不見。」

她今天坐在椅子上。

床移到了旁邊，原本的空間放了一張精細雕刻的桌子和兩張椅子。

她坐在其中一張椅子上，盤起頭髮，衣服很正式。穿這套衣服去觀光飯店的餐廳用餐也沒問題。

「須和先生，要不要幫你放東西？」

「啊，這個嗎……不用了。」

我在回答江藤先生的同時，確認手上的背包沒有歪掉。因為裡面放了重要的東西。

「須和先生，請坐。」

她示意我坐在她身旁的椅子上。我應了一聲後，走到她旁邊坐下。

我聞到一股淡淡的甜蜜香氣。

第一次近距離看她，發現她的五官和遠看時一樣端正，皮膚看起來更漂亮，側臉的下巴到脖子的線條很細膩。她的頭髮和睫毛看起來都很柔軟，後背好像一碰就會壞掉。

「須和先生——」

聽到江藤先生的聲音，我驚訝地轉過頭。

「請問你要喝什麼？」
「喔，嗯，那……我要喝咖啡。」
「陽小姐呢？」
「那我也喝咖啡。」
「遵命。」江藤先生離開了。
「須和先生，上次沒有注意到，對不起。」
她在說什麼？
「如果還需要什麼，請你告訴我。」
喔，原來她在說椅子的事。
「不，謝謝妳的費心……」
她微微瞇起眼睛。
有時候可以從一個不經意的表情和說話的聲音感受到一個人的質感。她就像羽毛一樣輕柔細膩。
「外面很熱嗎？」
「不會，今天的氣溫剛剛好。」

她的輕柔反而令我緊張，有點說不出話。

一陣沉默。彼此都可以感受到對方的坐立難安。

「謝謝你為我拍照。」

她先開了口。

「不……」

啊，對了。

「幸村小姐，我給朋友看了妳的照片。」

我必須把這件事告訴她。

「我有兩個朋友，他們都是活躍在第一線的職業攝影師——他們對妳的照片讚不絕口，說真的很棒，他們第一次這樣稱讚我。」

我認為自己充滿熱忱地向她傳達了這件事。

但是，她臉上的表情和我想像中不同。她的眉間和嘴唇用力，好像在克制什麼。

她怎麼了？

她似乎從我的視線中察覺了我的想法，揚起嘴角，露出一個近似微笑的表情。我突然想到，上次她也有過相同的反應。

這時，門打開了，江藤先生和另一個年輕女人進來。

女人端著放了咖啡的托盤靜靜地走了進來。她大約三十歲左右，有一個女傭人的確比較方便。

「謝謝妳，藤井。」

那個叫藤井的女人把咖啡和點心放在桌上後，默默地離開了。

「須和先生，請用這個。」

江藤先生把一台薄型筆電放在桌上。

我從口袋裡拿出隨身碟，插進筆電，連在投影機上的瀏覽器可以憑直覺操作。

上次我只注意到白色的牆壁和床，現在仔細觀察後，發現天花板上設置了幾盞燈光，和看起來像是投影機的管狀物，牆邊還有一個小型書架。

關燈後，房間內暗了下來。

「好期待。」

她的聲音很開朗。

「妳這麼期待，讓我壓力很大。」

「啊，對不起。」

她不需要這麼慌張。

「江藤先生，我沒事。」

她立刻說道。我想起上次也有這樣的對話。雖然我有點在意是什麼意思，但我沒有勇氣發問。

「那就開始嘍。」

我點選了照片，照片立刻投射在正前方的牆壁上。

那是我在車站拍的幼兒園小朋友的照片。

「好可愛。」

幸村瞇起眼睛。她的表情符合我的想像，我內心不禁叫好，同時感到很溫暖。

「這是山手線的目白車站。」

「我從來沒有在目白下過車。」

「太好了。這些媽媽打扮都很入時，我猜想可能是一所高級幼兒園……」

我按著箭頭鍵一張一張播放照片。走出驗票口的廣場，以及葉櫻和綠樹包圍的壯觀校門。

「這裡是學習院。」

「喔。」

「沿著剛才的站前廣場往右走，馬上就看到了，我那時才恍然大悟，『原來學習院在這裡』。」

「這樣啊。」

太好了，感覺很不錯。

「然後我沿著車站前的大馬路走向熱鬧的方向。」

我繼續播放照片。她目不轉睛地注視著每一張照片，似乎要把照片看進心裡，所以速度變得很慢。

這時，她似乎突然想到這件事，轉頭問我：

「請問我是不是看得太慢了？」

「沒關係，慢慢看就好。」

我露出苦笑。

「馬路旁有一間小型音樂教室。」

隔著玻璃門，可以看到一個中年男老師和一個小男孩面對面在練習打鼓，然後我播放了影片。

「哇！」

最近影片也被認為是攝影的表現手法之一，我拍下了老師和學生一起快樂打鼓的情景。

「好可愛。」

「是不是？」

這時，我才發現自己說話沒有用敬語。

「啊，對不起，我從剛才就沒用敬語說話。」

「繼續這樣就好，不然突然改口很奇怪。」

「但是……」

「你年紀比我稍長，不是嗎？」

「我二十四歲。」

「我二十歲，所以沒問題。」

「好……」

那就這麼辦。

「須和先生，你喜歡小孩子嗎？」

「嗯，是啊。」

照片從大馬路轉入了住宅區。

街道散發出穩重的感覺，但有幾棟房子很有個性，有的像小木屋，也有的房子入口的門上裝了掛鐘。

然後是一個小公園內的綠色隧道。

圓形遊戲場的外圍綠意盎然，剛好形成一個小孩子可以鑽進去的隧道彎道，很有繪本的味道。隧道令我產生了一種懷念的感覺，也忍不住彎下腰鑽了過去。我想讓她體會這種感覺，所以拍了影片。

「妳不覺得好像回到了小時候嗎？」

「你果然很喜歡小孩。」

「是這樣嗎？」

「一定是。」

她的大眼睛緊盯著不斷變化的每一張照片，就像是跑步完之後急著想要喝水的感覺，我深刻體會到，她真的很久沒有出門了。

「……當我又重新回到大馬路時，看到一家很漂亮的店。」

她看到那家店時，不禁發出「哇！」的驚嘆。

由茶色牆壁和玻璃櫥窗組合而成這棟像藝品盒般的房子，讓人彷彿置身巴黎街頭。

「是蛋糕店嗎？」

女生果然一眼就看出來了。我在向櫥窗內張望之前，根本猜不出是什麼店家。

「那家店叫 Aigre Douce，我查了一下，發現是一家超有名的店。」

她看著蛋糕店照片時，臉上的表情顯得很興奮。

「妳喜歡蛋糕嗎？」

「喜歡。」

「太好了。對不起，店裡的人說不能在店內拍攝，所以我沒辦法拍給妳看裡面的情況。」

我盡可能用言語形容給她聽。

「放在展示櫃裡的每塊蛋糕真的都在發亮，散發出高雅的甜味。大理石的展示台上放著餅乾、馬卡龍和果醬，真的是一個很潮的空間，我在裡面時超緊張。」

「呵呵。」

她笑了起來，然後露出了凝望遠方的眼神，不知道是否在想像。

「那家店可以內用，所以我就坐下來吃了蛋糕。」

「好吃嗎？」

為了回應她的好奇，我按了筆電的鍵盤。

白色的盤子上有一塊長方形的蛋糕。

「啊？」

「我拜託他們，他們終於同意了，但要求我不能上傳到社群網站上。」

草莓、鮮奶油和海綿蛋糕，切面是厚厚一層鮮奶油和鮮豔的草莓，雖然是長方形，但一眼就可以看出是什麼蛋糕。

「這叫鮮奶油草莓，是店家的招牌商品，其實就是草莓蛋糕啦。」

「看起來好好吃。」

「對啊，真的超——好吃。」

我用力說道。

「放進嘴裡的瞬間，我整個人呆住了，蛋糕咻哇一聲全都融化了。和我之前吃的草莓蛋糕完全不一樣，簡直太好吃了。」

即使我很詞窮，我相信她也已經感受到了。

「看起來真的很好吃……」

她注視著牆上的照片，露出鑑賞的眼神，好像在看外國的攝影集，看到了自己遙不可及的美麗事物。

我注視著她，對即將採取的行動感到緊張。

好丟臉。萬一失敗怎麼辦？

不安和膽怯閃過腦海。我整個人都緊張起來。

但是，看到她落寞的眼神，我鼓起了勇氣。

「……妳想吃嗎？」

「啊？」

我把背包放在地上，打開拉鍊，輕輕從裡面拿出了——蛋糕盒。

「其實，我買回來了。」

她整個人愣在那裡。

我以為自己失敗了，但似乎並不是。

她看著蛋糕盒，然後注視著我。

我露出了意外驚喜的笑容。

「我買了鮮奶油草莓。」

我看到她臉上的表情，很慶幸自己鼓起勇氣。

我在店裡吃蛋糕時看著櫃檯前的客人，突然想到了這個主意。對，我可以外帶。我想試試讓她看完照片，充分傳達蛋糕的美味後，再把蛋糕拿到她的面前，看她會有什麼反應。我當時也想起了加瀨說的話。

這並不是什麼了不起的事。只是想為無法外出的她做點什麼。

我從背包裡拿出用布包著的白色盤子。

那是和照片上一樣的白色大圓盤。

我把蛋糕放在盤子上，然後放上刀叉，幾乎和牆上的照片一模一樣。

她就像小孩子看魔術般注視著蛋糕，然後……露出了不知所措的表情。

「要怎麼說，」我之所以會想到這個主意，是因為想要告訴她一件事，「那裡的蛋糕可以帶來這裡，可以買回來，在這裡吃。雖然這是理所當然的事，但是要怎麼說……那家蛋糕店並不是另一個世界，和這個房間屬於同一個世界。我想要告訴妳這件事。」

「……」

她雙手捂著嘴，淚水在眼眶中打轉。

接近眼淚的濕度柔和了房間內的空氣。

自己臨時想到的主意竟然會引起她這麼大的反應，這件事反而讓我有點不知所措，但看到她快哭出來的樣子，我的心情也變得溫柔。

燈光剛好在這時亮了。

「來，吃蛋糕吧。」

她緩緩抬頭看著我，像枝頭的花一樣輕輕點頭。

我立刻感覺到自己的指尖用力。

好想拍她。

從剛才就不時有這種念頭，但我無法採取行動，只能眼睜睜地看著她的表情和動作消失在我面前。那是絕對不會再有第二次的瞬間。

她準備拿起刀叉時看著我。

我也想拍下她此刻的表情。

「你的呢？」

她果然對這種事很敏感。

「當然也有啊。」

我把自己的蛋糕放在她的旁邊，她露出鬆一口氣的眼神。

「那我們開始吃吧。」

「好。」

我也想拍下她看著蛋糕時，女生臉上特有的閃亮表情。

「從剛才就一直聞到草莓的味道。」

她難掩興奮地拿起餐具。江藤先生不知道什麼時候離開了。

她準備用刀子切蛋糕時問：

「……須和先生，這要怎麼吃？」

「啊？就這樣切下去啊。」

雖然我這麼回答，但我瞭解她想問的意思。因為這塊蛋糕很高，如果切到底，一口就會變得很大。

「如果不一口吃，蛋糕會塌掉，而且我覺得這樣也比較好吃。」

「也……對。嗯，真的會塌掉。」

我也想拍她點頭說服自己的樣子。

她仍然在猶豫，於是我先切下一口蛋糕，一口氣放進嘴裡。

「——好吃！」

甜味和香氣在嘴裡擴散，柔和地旋轉著。

「果然咻哇地融化了，嗯嗯……好吃……」

她看著我品嚐的樣子，似乎覺得很好笑，然後也開始切蛋糕。

「我開動了。」

她準備張大嘴巴吃下那一大口之前，害羞地看了我一眼，立刻移開了視線。

然後把蛋糕送進嘴裡。

她興奮地瞪大了眼睛。

那個表情轉眼就消失了。

她垂下眉毛，揚起嘴唇，露出靜靜的微笑。臉頰到下巴的線條鼓了起來，露出幸福的表情，連肩膀到鎖骨都縮起來。一個又一個瞬間就這樣消逝，我卻無能為力。最後，她露出陶醉的表情開口。

「好好吃——」

「我好想拍！」

我脫口說了出來。

她聽到我突如其來的話，嚇了一大跳。

這一刻的表情也很棒。

「我想拍妳。」

當我說出口後，克制的衝動從身體深處不斷湧現。

「希望妳同意讓我拍妳，即使不能去比賽也沒關係，我想拍妳。我只是想拍妳。」

「……」

她的臉都紅了。

我發現自己湊到她面前，我們的距離好近。

但是，我不會退縮。

我目不轉睛地看著她的雙眼，想要傳達自己是認真的。我希望她點頭答應。另一個冷靜的自己忍不住想，幹嘛這麼激動？有必要這麼激動嗎？

我看到她的瞳孔慢慢放大。

她的視線從我的臉上移開，長髮飄動，露出了薄薄的耳朵。

她的眉間和嘴唇產生陰影，似乎在克制什麼。

「……好。」

她點了點頭。臉上的表情很平靜。

「如果你不嫌棄的話。」

我頓時心花怒放。

「謝謝妳！」

我伸出手。

「拜託了。」

她轉頭看著我，害羞地伸出手。

「彼此彼此……我才要拜託你。」

雖然我覺得這一刻的表情也很棒，但是沒關係。

以後可以盡情地拍很多她的照片。

握手。

她的手很小很圓很柔軟，讓我聯想到雛鳥。

我有一種錯覺，好像陽光照進了這個沒有窗戶的房間。

我覺得燦爛的未來似乎稍微打開了一道門縫。

2. 她的疾病

1

我第一次來這家出版社，所以到達時間比約定的提早很多。

無奈之下，只能找事打發時間。我經過出版社的大門，開始在附近晃來晃去。

等一下我要向出版社介紹自己的作品集。

雖然我原本夢想在學生時代就四處參加比賽得獎，風風光光地踏入攝影界，案子接不完……但每年持續參加比賽，至今為止從來沒有沾到邊。

於是我認為必須改變策略，首先要累積一些實務經驗，決定向出版社的編輯自薦，於是就開始向出版社自我推銷。

但至今為止，從來沒有接到過任何工作。

起初還挑出版社，但越來越焦躁，現在已經有點亂槍打鳥了。無論哪家出版社都沒關係，只要有案子就好——這種想法越來越強烈。

對於打電話去出版社自薦，希望他們可以看一下我的作品集一事，雖然剛開始時，緊張得心臟好像快跳出來一樣，但現在已經駕輕就熟了。

我無法成為學生時代理想中的自己，越來越偏離了當時的方針。那種感覺，就好像泥水從腳下滲上來，有時候很想在深夜大叫。

我在附近轉了一圈，但才花了五分鐘而已。這種時候，時間往往過得特別慢。我看到大馬路上有一家SUBWAY，於是就走了進去。

我邊喝咖啡，邊看著自己的作品集。

我把在目白拍的人物和街景抓拍放在第一頁。因為這是新作品，幸村很喜歡，而且我也對這幾張照片小有自信。

其他都是和之前相同的內容。風景照和抽象照，以及用攝影工作室的設備拍的化妝品。也許編輯會中意其中的某一類型，說得好聽點，是範圍很廣，說得難聽點，就是完全不挑，什麼都好。

最後的壓軸就是她的那張照片。

我收起作品集，翻開那家出版社的雜誌。

《Ange》是一本以十五歲到三十歲的女性為對象的時尚雜誌。

我隨意翻閱著，每次看到照片，就馬上確認攝影師的名字。時尚雜誌都會在那一頁上刊登攝影工作人員的名字。

——啊。

我看到了認識的名字。

但並不是攝影師，而是經常來我打工的那家攝影工作室的化妝師。

那個阿姨總是盤著丸子頭，長得像倉鼠，雖然我和她只有打招呼和聊工作上的事，但已經認識很多年了。

透過這種方式看到平時認識的人和他們的工作有一種奇妙的感覺，覺得他們果然是活躍在第一線的專家。雖然這本來就是事實。

時間差不多了。

我把雜誌放進皮包，正準備拉上拉鍊。

——

我又把作品集拿出來，把最後一張照片放到第一頁。

因為我想起之前請戶根先生指教時，他並沒有看到最後一頁。

我把最有自信的一張拿到第一頁。

做完之後，覺得這是正確的決定。

每家出版社的接待櫃檯各不相同。

今天這家出版社的接待系統是在門口放了一部內線電話，電話旁有各編輯部內線號碼一覽表。只要用內線電話找人，編輯應該就會從後方毛玻璃的自動門內走出來。

我拿起電話，按了Ange編輯部的號碼。

『Ange編輯部，你好。』

「妳好，我帶了作品集來，請幫我轉接渡部小姐。」

等了一會兒，另一人接起電話。

『我是渡部。』

「妳好，我是須和，和妳約了要看我的作品集。」

『好，請等我一下。』

我看著貼在牆上作品翻拍成電視劇或是周邊商品的海報等了一會兒，後方的自動門打開了。

「很高興認識你，我是Ange編輯部的渡部。」

一個和我年紀相仿的女人面帶笑容向我打招呼。她看起來很能幹，雖然她一身清爽的打扮，但我知道是時下的流行。

「請跟我來。」

她沒有寒暄就直接帶我進去。

沿著樓梯來到地下樓層，那裡是用隔板隔開的會客室。

狹窄的通道兩側有好幾道門，通道盡頭放了一個插了鮮花的大花瓶。

渡部打開了其中一道門，我跟著她走進去，發現那是一間只有長桌和椅子的簡單會議室。

渡部拿出名片，我也立刻從皮包裡拿出名片夾。

「我是Ange編輯部的渡部。」

「我是須和，請多指教。」

我不是上班族，很少有機會和別人交換名片，能夠像這樣和別人交換名片，讓我有一種奇妙的滿足感。

我在她的對面坐下，立刻遞上作品集。內心從這個瞬間開始緊張。

「那就請讓我看看。」

渡部的態度很謙和。

至今為止，我去了多家出版社自薦，知道一件事。

如果編輯看我的作品集時的速度很快，通常都很不妙。

有時候編輯一口氣翻到最後，自己也察覺到速度太快，於是又重新往回翻，試圖拖延時間，但我可以深刻體會到這只是裝裝樣子而已，而且他們也很少向我發問，最後說一句「今天謝謝你」就送我離開。雖然我沒經歷過，但我猜想求職面試應該也是這種感覺。

渡部翻開了第一頁。

——那張照片。

加瀨和花木也讚不絕口。在受到他人多次好評後，我內心也產生了自信。

怎麼樣？

渡部看著照片的手——停在那裡。

太好了！

渡部沒有說話，注視了那張照片五秒鐘，然後才翻到下一頁。

那是我在目白拍的街景抓拍。她翻閱的速度加快了，但並沒有像以前遇到的編輯那麼快，有時候也會稍微停下來。

「你成為自由攝影師多久了？」

渡部問我。

「……三年多。」

我對她說謊。

其實我在攝影工作室工作多年，算是戶根先生的徒弟，但如果這麼說，對方就無法正確評斷我的實力，所以我不會說。戶根先生在業界很有名，一旦提他的名字，就等於在沾他的光。我不想做這種事。

「你擅長人物攝影嗎？想走這個方向嗎？」

我想了一下，立刻想到幸村。

「對。」

我明確回答時，渡部的眼神更加有力。

我覺得和之前拿作品集去出版社時的感覺不太一樣。

但是，當她翻閱後半部分時，速度明顯變快了。我內心的期待漸漸變成了不安。

她翻完最後一頁，闔上了作品集。

「……」

我低頭看著桌子，帶著祈禱的心情等待。是會像以前一樣聽到一聲「謝謝你」，還是能夠稍微獲得肯定？

「多佔用一點你的時間沒問題嗎？」

啊？

「是，沒問題。」

渡部拿起內線電話。

「我是渡部，工作辛苦了。我正在看一位攝影師的作品集，妳現在方便下來一趟嗎？」

不一會兒，看起來像是渡部前輩的女人走進來。

「我是Ange編輯部的塚田。」

我從來沒有遇過這種情況。

「借我看看。」

塚田說完，翻閱著我的作品集。

她的反應和渡部差不多，中途兩人交換了眼神，然後她又翻到第一頁。

「這幾張照片都是抓拍，而且都利用了自然光，你比較喜歡出外景，還是在攝影棚拍攝？」

怎樣回答才是正解？

我猶豫一下，因為最近拍的照片獲得肯定，而且也比較好玩。

「外景。」

「有沒有經常合作的化妝師或是造型師？」

沒有。

「呃……」

我的腦筋幾乎一片空白。之前從來沒有人問過我這個問題，該怎麼回答？

「沒有……」

兩個人微微皺起眉頭。

不妙。

這時，我想起了剛才看到的化妝師名字。

「——但我覺得木村小姐很不錯。」

我從皮包裡拿出那本Ange。

「呃……這位木村玲子小姐。我覺得這種感覺很不錯。」

我只是勉強擠出這個名字，但她們驚喜的反應出乎我意料。

「所以你看過我們的雜誌。」

「當然啊。」

兩名編輯再度交換眼神。

塚田想了一下之後，翻開厚厚的記事本，然後把桌上的桌曆朝向我，指著下個月的中旬問我：

「你這一天有空嗎？」

「有空！」

我沒有看自己的日程安排就直接回答。

「我們要拍下一期的街頭抓拍，想請你拍幾張讀者模特兒的照片。」

「好。」

我回答的聲音比剛才更用力。

「詳細的情況等決定之後，再和你聯絡，請多指教。」

「請兩位多指教。」

她們送我到門口，我鞠躬向她們道謝，走出自動門，離開了那家出版社。

……

這是第一次。

我第一次接到案子了——

喜悅從身體深處湧現，我無法克制內心滿滿的情緒，確認四下無人——

太棒了！

我小聲歡呼著，握緊了拳頭。

眼前是狹窄的柏油路和磚牆。

雖然是平淡無奇的景象，但我相信，自己一輩子都不會忘記。

2

「你太厲害了！」

夏希的反應很激烈。

快下班時，我們在休息室聊天時，我悄悄告訴了她。

「真的只是一件很小的案子。」

我嘴上這麼說，還是摸了摸鼻子。我很想告訴她這件事。

「沒這回事！我也知道Ange，就連我也知道！」

聽到她的稱讚，得知我在她內心的形象稍微提升，不禁喜形於色。

「真的恭喜你，你太厲害了。前輩，你真的很厲害。」

她笑著用上手臂推了我一下。直爽的肢體接觸讓我心花怒放。

「那今天就來慶祝一下——你請我吃飯！」

「為什麼？」

「不行嗎？」

她誇張地向後仰的動作很可愛。

我忍不住緊張起來。這是約她吃飯的機會。

雖然我很想馬上開口，但還是畏縮起來。趕快，再不開口就來不及了。

「……也不是不行啦——」

「對了！仁哥，上次那件事怎麼樣了？」

她就像三流間諜一樣壓低聲音問我。

「那件事？」

「你又裝傻了，就是花木先生的事啊，你有幫我問他嗎？」

興奮的心情一下子墜入谷底。

「……喔，我問了。」

夏希的雙眼頓時亮了起來，和她平時看我的眼神明顯不同。

「他怎麼說？他怎麼說！？」

「他說工作很忙。」

看到她眼中的亮光消失，我不禁感到竊喜。

「也對啦。」

她輕鬆地笑了起來，簡直就像聽話的小孩放棄了想要的玩具。但是，我對她說：

「下次我再問他看看。」

連我自己都覺得多此一舉。

「真的嗎？」

「嗯。」

看到她興奮的笑臉，我既鬆了一口氣，又感到難過。為什麼會這樣？

我和準備去換衣服的夏希道別後，暗自嘆著氣。

最後，我還是無法約她。我應該像之前對幸村那樣，鼓起勇氣做自己想做的事，但遇到自己喜歡的女生就打了退堂鼓。

「須和！」

戶根先生在叫我。

我走出員工休息室，發現他坐在會客室的桌子旁向我招手。我不知道他找我有什麼事，立刻跑過去。

「是。」

「聽說你接了Ange的工作？」

——啊？

他聽到我們剛才的談話嗎？不，距離那麼遠，不可能聽到。

「小玲打電話告訴我。」

就是那位化妝師。

我搞不清楚狀況。戶根先生似乎從我的表情中察覺到我的納悶。

「你不是對編輯說，可以和小玲配合嗎？編輯當然會告訴她，小玲也馬上想到就是你。」

……速度簡直驚人。我太大意了。

「我剛才打電話給Ange的主編打了招呼，請她多照顧你。」

我很想咂嘴。

「……喔。」

「你這是什麼表情？」

「……沒有啦。」

我就是不希望和戶根先生扯上關係。

「你聽我說，」戶根先生吸了一口電子菸，然後吐了出來，「即使沒有小玲的事，這個行業也很小，消息很快會傳出來。」

「……」

「如果我不去打聲招呼，搞不好你這次的案子就飛了。」

「啊？」

「當然啊，如果對方知道你明明在我這裡工作，卻偷偷在外面接案，會有什麼想法？會猜測你是不是和我發生了摩擦，不是會想很多嗎？」

我大吃一驚。

「別人會懷疑你的人品。」

老實說，我完全沒有想到這件事。

「不光是這樣，別人還會想『戶根那裡到底是怎麼回事？』，造成我和在這裡工作的所有人的困擾，你瞭解這一點嗎？我想你根本不瞭解吧？」

我無言以對。

自己的思慮不周變成了冰冷的羞恥心，侵蝕我的身體。

「……對不起。」

我低頭道歉，只看到地板。音響播放著緩慢的西洋音樂。每次挨戶根先生的罵，都看到同樣的景色。

「我猜想你八成是不想依靠我，對不對？」

我的臉頰一下子發燙。

「……對。」

「王八蛋。」

我的話音未落，戶根先生就罵了起來，「最終還是要靠你自己的本事。」

空氣中飄著電子菸的焦味。我低著頭，為自己的沒出息咬緊牙關。

戶根先生尷尬地停頓一下，最後小聲地說：

「好好努力。」

我收拾完東西，獨自走出攝影工作室。

眼前是一片夜晚的街道。

我覺得自己太嫩了，充分瞭解到自己根本搞不清楚周圍的狀況。我都二十四歲了，這樣沒問題嗎？

我所有的一切都太嫩了。

3

第一次看到幸村家的豪宅時大吃一驚，當第三次踏進這棟豪宅時，就覺得這棟豪宅也融入了自己的日常生活。

「須和先生，很抱歉。」江藤先生在玄關迎接我時鞠躬對我說道，「陽小姐的檢查耽誤了一點時間……」

聽到「檢查」兩個字，我有點錯愕。那種感覺，就像看到了一把之前完全沒有發現的刀子。

「檢查嗎？」

「是的。請跟我來。」

我跟著他經過走廊，打開了一道之前每次都會經過的門。

「請在這裡稍候片刻。」

那裡是客廳。

應該是進口名牌、看起來很有分量的茶几兩側放著皮革沙發。

我在上座那張沙發的中央緩緩坐下，沙發很有彈性。

江藤先生站在門旁。我比上次去蛋糕店時更加心神不寧。

不一會兒，藤井就送了茶上來，但又馬上出去了。

「醫生來家裡嗎？」

我問江藤先生。因為她無法外出，所以應該是醫生來出診。

「是，還需要四、五十分鐘。」

好久。

「很抱歉，因為剛才開始做MRI檢查。」

「啊？」

MRI——

「就是醫院做腦部檢查的那個嗎？」

「是的。」

「這棟房子裡有這種儀器嗎？」

「是。」

「……」

我完全沒有想到私人家中會有那種大型醫療儀器。即使要買，那種儀器應該很貴吧？幸村家有錢的程度超乎我的想像，我陷入茫然。

她看起來沒什麼病，但實際上罹患了需要在家裡準備這種醫療儀器的重病。這個事實衝擊了我的內心。

「江藤先生……」

「什麼事？」

「我可以問她生了什麼病嗎？」

「很抱歉，陽小姐曾經吩咐，盡可能不要告訴你。」

「啊？」

「敬請原諒。」

江藤先生鞠了躬，然後就沒再說話。

4

幸村做完檢查後，看起來仍然不像是罹患了什麼重病。

「我之前搭南武線時，在某個車站附近，看到讓我好奇的東西，所以我這次就去實際確認了一下。」

白色的牆壁上，映照出從車窗拍到南多摩車站附近的景象。

在比一大片建築物更高的地方，出現了連在一起的白色柱子和藍色的板狀物。乍看之下，不知道那是什麼東西。

「哇，到底是什麼？那是什麼？」

「是橋，這是橋上柱子的部分。」

接著，我出示了走過橋之後看到的東京賽馬場的照片。因為我猜想她沒去過，一定會有興趣，所以特地拍給她看。

「我從來沒有去過賽馬場。」

太好了。

她雙眼發亮地看著第一次看到的賽馬場內部。

「……照片真的很不錯，」她突然開口說道，「雖然是現實，但比現實更美好。」

「的確有道理。」

「對不對？」

即將看完照片時，我想起要向她報告一件事。

「我接到了雜誌的案子。」

她回頭看著我時，似乎還沒有完全聽懂這句話的意思。

「我上次不是向妳提過嗎？要把作品集拿去給出版社的人看，結果通過了，所以接到了案子。」

她終於瞭解意思，臉上露出笑容。

「恭喜你！」她的聲音跟著燦爛起來，「好厲害，真是太好了。」

我可以感受到她的真誠，發自內心為我遇到的好事感到高興。

「這是託妳的福，有很大一部分原因是因為有了那張照片。」

她立刻露出了那個表情。

她皺著眉頭，抿著嘴，然後察覺到自己的表情，揚起嘴角。我曾經不止一次看過她這個表情，我很好奇到底代表什麼意義。

「所以今天……」看完照片後，我開了口，「希望妳可以讓我拍照。」

我從她今天穿的衣服就知道，江藤先生應該已經轉告她了。

她猶豫地眨眨眼睛，然後輕輕點頭。

「妳該不會不願意？」

「並不是不願意。」

她抬起頭。

「我很高興能夠幫到你的忙，只是……」

「只是？」

「不，我沒事。」

她迷濛地瞇起眼睛，搖搖頭。

於是，我開始做準備工作。我把背包放下後，從裡面拿出白色防風外套，脫下外套後換了一件。

「你為什麼要換衣服？」

「因為這件白色衣服可以發揮反光板的作用，像是我近拍時，就可以反光。」

「反光？」

「就是反射光，照在模特兒身上。這件事很重要。」

「你是說光線嗎？」

「拍照就是拍光線。」

這句話似乎打動了她，她聽了之後雙眼一亮。我不禁感到害羞，抓起防風外套。

「嗯，這是我從書上學來的知識。為了今天拍照，我臨時抱佛腳啃了很多書。」

「這樣啊……你為了拍我看了很多書。」

聽到她這麼說，我又忍不住害羞了，默默拿出單眼相機，把相機背帶繞在左手上，舉起相機。

「那就……拜託妳了。」

「麻煩你了。」

我把相機對著她，看著觀景窗。

她坐在床上的樣子就很美，白色的房間就像攝影棚一樣，有一種非日常的感覺，這種清爽的背景能增加曝光，很適合她，白色迷濛的感覺或許也很有趣。

「……」

她看鏡頭的表情很僵硬，和剛才完全不一樣。她可能意識到我在拍照，所以有點緊張。

如果是平時拍照，會不禁想要叫她「笑一笑」，但目前是人像攝影，這樣的表情也沒問題。

經常有人說，拍人像時，第一張和最後一張往往最成功。

我成功地拍下了她最初生澀的表情和感情。

喀嚓。房間內靜靜響起快門開和關的聲音。

攝影開始了。

「那……可不可以請妳站在那裡？」

「好。」

她下了床。

我舉著相機，在她周圍打轉，想要尋找最美的角度。

——也許從左側拍比較好，像這樣斜斜地拍。

——正面也不錯。

我按下了快門，彎曲膝蓋，改變視線的高度，持續尋找最佳角度。

她直挺挺地站在那裡，用視線追隨著我的動作，表情越來越不安。

一直站在那裡的確會很不安，我差不多繞了一圈了，必須叫她擺出姿勢，下達下一個指令。

但是，即使繞完一圈，我也不知道該下什麼指令。我不知道該叫模特兒做什麼。我意識到這是因為自己缺乏攝影的經驗值。

她靜靜地在我面前等待。

我絞盡腦汁，努力不讓她感受到我的慌亂。我巡視四周，發現了椅子。

「那妳接下來坐在那張椅子上。」

「好。」

我對自己終於發出指示鬆了一口氣。

「臉再稍微轉過來一點。」

她一臉無辜的表情看過來。

「肩膀也轉過來，再多轉一點……對。」

我覺得漸入佳境。

但是，為什麼？

我隔著鏡頭看到她的雙眼仍然充滿了不安，即使我要求她改變動作，她眼神中的不安始終沒有消失。

為什麼？是什麼原因？

正當我陷入煩惱時，想起自己忘了一件事。

這是前天加瀨在電話中給我的建議。

『要記得隨時給模特兒看你拍完的照片。』

「為什麼？」

『因為模特兒會在意自己拍出來的樣子。』

「原來是這樣。」

我想起在打工時，那些模特兒也都會湊在螢幕前看照片。

『花木比較擅長拍人像啊，你去問他啊。』

「……問你比較輕鬆啦。」

「——差不多是這樣的感覺。」

我出示了為她拍的照片，她眼中的不安立刻消失了。

太好了。

「我覺得這張很不錯。」

她聽了我的感想之後，心情更加輕鬆了。

「一看就知道我很緊張。」

她笑了起來。

「而且，每一張表情都一樣。」

她自言自語說道，原來她在有新發現的時候會用「而且」這兩個字，讓我有一種新鮮的感覺。

「這是妳的最佳表情。」

我想她應該很少自拍，所以可以感受到她面對鏡頭的生疏，但她面對鏡頭時露出了「自己認為不錯的表情」，果然是女生。

她聽到我這麼說，害羞地掩著嘴。

「啊！這個表情超讚！」

我立刻拿起相機，嚷嚷著「不要動，不要動」。

她似乎覺得很好玩，在我按下快門時，噗哧一聲笑了起來。

雖然焦點沒有對準，但我覺得是一張好照片。

對了，要和她聊天。

「妳喜歡什麼？」

「我經常看電影。」

「怎樣的電影？」

「嗯……大部分都是迪士尼的作品。」

當我邊聊邊拍，她的表情和動作都很自然。

「迪士尼的作品都不錯，是因為可以看得很安心嗎？」

「沒錯！就是因為這個原因。我就是喜歡這種無論發生任何事，最後絕對是完美結局，可以看得很安心的感覺。」

我拍下她在談論自己喜歡東西時的每一個瞬間。

「另外，我也很喜歡看搞笑的內容。」

「是喔？真意外啊。妳都看哪些？」

「像是漫才或是搞笑的短劇都很有趣，而且演的人很投入，我喜歡那種沒有絲毫馬虎的感覺。」

「好厲害。」

「哪裡厲害？」
「喜歡的理由啊，感覺妳在看的時候也很認真思考。」
「沒有啦……」
她是個很老實的女生。
我們隨便閒聊著，雙方都充分放鬆了。
「要不要去走廊？」
一走出房門，溫度就立刻上升，從房間內的人工燈光變成了隔著窗簾的自然光，光線更有開闊的質感。
「光線真不錯。」
「光線嗎？」
「對，這種淡淡的陽光最棒，而且角度也很好，妳站在那裡試試看。」
我讓她站在窗戶的光源從斜後方照進來的位置。
「這稱為半逆光，拍人像時站在這個位置，可以形成很均衡的陰影。」
「半逆光，我第一次聽說這個名詞，而且你說逆光的光線很棒我覺得很意外。」
「因為很好掌控。」

即使在說話的時候，只要她露出不錯的表情，我就立刻按下快門。

我希望她的膚色更亮一點。

「不好意思，我會靠近一點。」

我拿著相機，向前走了一兩步。白色上衣反射了隔著窗簾照進來的陽光，微微照亮她的皮膚。

她隔著鏡頭看我的眼神似乎對我靠近感到困惑，但和一開始相比，她已經適應多了。

我想要有一點變化。正當我邊拍邊這麼想時，想起了之前在打工時看到的現場情況。

「要不要來個大膽的嘗試？」

「大膽的嘗試？」

「妳抓住我這個手的手腕。」

我指了指舉著相機的左腕。

「雙手抓住——對。」

她戰戰兢兢地伸出手，抓住了我的手腕。她握得很小力，好像在拿雞蛋。我叫她再用力點，她露出了好像在嘀咕「該怎麼辦？是這種感覺嗎？」的表情和動作，全都很值得一拍，我忘我地拍了一張又一張。

鏡頭中的她就像是雙手拉著情人的手，這種充滿動感的構圖和表情之間的落差很棒。

「繼續做這個動作轉一圈。」

「啊？」

這似乎已經是她的極限了。

「慢慢地順時針轉——對。」

我把左腳伸向旁邊，她看了一眼腳下，急忙伸出左腳。

「對，就這樣繼續轉。」

我們在充滿柔和光線的走廊上持續旋轉。

我用粗獷的單眼相機對著她，她抓著我的手腕。緩緩地、緩緩地順時針旋轉。

從鏡頭中看到她的影子持續變化，表情也恢復平靜，時而目不轉睛地看著鏡頭，時而看向天花板或是窗戶的方向。然後突然噗哧一聲笑了出來。

「怎麼了？」

「我覺得很奇怪。」

「的確，但妳現在的表情超讚。」

她微微瞪大眼睛，然後露出好像膨脹到一半的心情突然萎縮的表情，低下了頭。

我們旋轉了一會兒之後停下，我放下相機。

我大致確認了照片。嗯，成果很不錯。

「妳看。」

我走到她身旁，讓她看照片。連續看照片，陰影和表情的變化一目了然。

「這不就是我剛才說拍得不錯的那張嗎？」

「我噗哧的時候。」

「這才好啊。」

我說完後看著她。

我聞到一股清涼的香氣，突然意識到離她很近。

在肩膀幾乎要碰到的地方，可以感覺到好像髮梢碰到般癢癢的溫暖。

她轉過頭，我們四目相接。

她立刻移開了視線，然後用指尖把瀏海撥到耳後。

正當我對眼前不知道如何趕走的沉默感到不知所措時，江藤先生剛好走了進來。

5

「妳有搞笑節目的錄影帶或是DVD嗎？」

我們在客廳一起喝茶時，我問她。

「我想知道妳喜歡怎樣的搞笑節目。」

江藤先生可能另外有事要忙，並沒有在旁邊。想到我第一次來這裡時，他從頭到尾都守在旁邊，提心吊膽的樣子，覺得自己漸漸融入了這裡。

「啊？就是很普通的節目啊。」

「怎麼個普通法？」

「就是看年底的比賽節目之類的。」

原來如此，真的很普通。

「妳有錄影帶或是DVD嗎？我想和妳一起看。」

「好啊，有之前錄下來的節目。」

她拿來錄放影機的遙控器。

「在這裡嗎？」

「我都在這個房間看電視啊。」

這句話聽在住套房的我耳中，實在太奢侈了。

「我想拍妳看搞笑節目時的樣子。」

「啊？」

「拜託了。」

我合起雙手。這才是我真正的目的。

「我覺得一定可以拍出好照片。」

「……但是我會大笑，嘴巴張很大。」

「那更要拍了。」

「啊？」

看到她抬起頭時，我覺得我們相處越來越融洽了。起初覺得她像是從繪本中走出來的人，現在就覺得她只是一個普通的小女生。

我再三懇求，她終於點頭答應了。

當她打開電視和錄影機時，剛好看到了目前正在播放的節目。

「啊！」

我不禁叫了一聲。那是女子花式滑冰選手的引退記者會，是家喻戶曉的知名選手。

「對喔，她昨天宣布了。」

「什麼？」

「啊？妳沒有看網路新聞嗎？」

「對不起，我很少看網路，電視只用來看電影。」

「是喔。」

我用說話的語氣表示她很特別，她的眼睛瞇成了一條線。我知道這是她客套的笑容。

「對不起，我可以看一下嗎？」

「好。」

我應該多注意她回答這句話時的反應。

記者會已經進入後半段，各家媒體的記者紛紛舉手發問。

『在妳決定引退之後，應該有很多人為妳加油，請問其中令妳印象最深刻的是哪一句話？』

選手拿起麥克風。

『大家都對我說「辛苦了」，讓我再度體會到，啊，我真的要引退了。』

聽了她的回答，我恍然大悟。

如果回答了「印象最深刻的話」，就等於把其他人說的話比下去了，所以她才用模糊的方式，四平八穩地回答「大家」。不愧是成為媒體焦點多年的人，果然是高手。

『請說一下令妳印象深刻的話？』

但記者又問了相同的問題。

我忍不住有點火大。

也許在寫文字報導或是播報新聞時，需要明確的內容，但記者根本不理會選手的顧慮。

雖然我有點煩躁，但因為是我提出要看，於是就繼續看著螢幕。

『請問妳最後挑戰跳躍時，是怎樣的心情？』

記者問她做出失敗動作時的心情。

雖然我能夠理解記者想要瞭解這件事的心情，但我身為觀眾，很希望記者不要再問了，因為我覺得現在的記者應該更懂得體諒選手的心情。

雖然記者問的並不都是很惡劣的問題，但不時有人重複別人問過的問題，還有一些問題根本沒有重點，讓人看了心很累。

『請問妳打算什麼時候結婚？』

哇。

真是夠了。

「……謝謝，可以了。」

我回頭看著她。

——啊？

她的側臉讓我覺得很不對勁。

她的臉很紅。

她的臉紅得很不對勁。

她轉頭看著我，我看得更清楚了。她的臉上有許多紅色斑點，好像撒了紅色的沙子。

她看到我的表情後，倒吸了一口氣。

「妳——」

我的話還沒說完，她就用雙手捂住了臉。

她整個人縮在沙發上，好像被開水燙到了一樣。

呃！哈……嗚……嗯…嗯！

她發出好像喉嚨被堵住般的聲音。

「怎麼了！？妳沒事吧！？」

我抓著她的肩膀。

「好痛！！」

她立刻大叫著後退。

她微微發著抖，喉嚨發出咻咻的聲音，最後不再發出任何聲音，一動也不動，好像血液凝固了她全身的肌肉。我知道她在忍著劇痛。

我大聲叫著江藤先生。

女醫生坐在對面的沙發上。

她就是幸村的醫生，今天也是她來做檢查，接到江藤先生的電話後，立刻趕回來，剛才終於為幸村緊急處置完畢。

「你是須和先生吧？我姓里見，很高興認識你。」

這位中年女醫生個子嬌小，渾身散發出柔和的氣息。

她的白袍下穿著像平時去超市的居家服，應該是私人醫生。

「江藤先生把情況告訴我了，雖然陽小姐不希望你知道，但基於疾病性質的關係，所以我認為必須告訴你。」

「疾病性質？」

我反問道，然後看向江藤先生。他像往常一樣站在門旁，一直閉著眼睛。

我轉頭看向里見醫生。她並沒有停頓，而是用醫生特有的平淡語氣告訴我說：

「陽小姐得的是『自體免疫性疾病』。」

我把病名記在腦海，試圖瞭解這幾個字的意思。

「自體免疫性疾病，就是原本應該保護我們身體的免疫系統攻擊自己的症狀，也就是我們平時常說的過敏。」

「過敏……就是對食物會產生的那種過敏嗎？」

「對。」她在回答時，露出了還有話沒說完的表情，「你有沒有聽說過，有些只是輕症，有些是可能危及生命的重症？」

「我有一個朋友有過敏問題，他對蕎麥過敏，只要吃一口，就會發生呼吸困難——」

說到這裡，我大吃一驚。

她剛才也一樣。

「目前認為陽小姐的原因是壓力，這次是電視上的引退記者會。」里見醫生說，「她可能想像了選手接受記者提問時產生的壓力，不僅是她自己本身的壓力，這種細膩和敏感也會造成她發作。」

「……」

我的腦海中浮現了幸村剛才說的話。

我就是喜歡這種無論發生任何事，最後絕對是完美結局，可以看得很安心的感覺。

「陽小姐的病例屬於極其特殊的情況。」

她的說明從耳邊飛過。

基本症狀和被列為罕見疾病的全身性自體免疫性疾病有很多共同點，但其他病例並沒有因為壓力導致發作，而且很快惡化的情況。

「根據我目前查到的資料，她是全世界唯一的病例。」

聽她說了這麼嚴重的情況，雖然我能夠大致猜到答案，但還是無法不問。

「……沒辦法治好嗎？」

里見醫生閉上了眼睛——

「目前還無法找到根治的方法。」

「聽說她最初是在十歲時出現症狀。」

江藤先生送里見醫生離開後，回來時這麼告訴我。

「起初並不知道是什麼疾病，症狀也比較輕微，所以只是不時去醫院就醫，過著正常的生活。」

我坐在沙發上聽他說話。

「但是，後來症狀越來越嚴重，上了中學之後，經常在學校發作。」

如果是因為壓力造成發作的原因，我能夠理解。因為在那個時期，我的周圍也漸漸變得複雜。

更何況她那麼敏感。

「陽小姐無法再去學校，不久之後……甚至完全無法外出。」

「為什麼？」

「因為她曾經在外出時嚴重發作過，所以她就不喜歡外出了。」

如果曾經有過不愉快的經驗，就會產生壓力，通常都不想再去。吃東西也一樣，如果曾經吃了某種食物後發生嘔吐，以後就會討厭那種食物。任何人都一樣。

「不喜歡的感覺就是壓力，這種壓力會導致她發作。」

於是就陷入了惡性循環。

面對這種困境，我不由得陷入沉默。

深深的暮色淡化了房間內的陰影，黑暗逐漸堆積。

江藤先生的臉變暗了。

「陽小姐整天都在家裡，最後很難和家人共同生活。」

這種情況並不難想像。

「聽說當時經常發作。」

我並不感到意外。

「因為正值青春期，在那種狀況下生活在同一個屋簷下……難免發生很多事。」

我能夠瞭解發生了什麼狀況，每個人在那個年紀時，都不喜歡一直和家人在一起。

「……真辛苦啊。」

我可以真實感受到這將造成她致命發作的痛苦。

房間內寂靜無聲。

這棟房子的每個角落都聽不到生活的聲音，只有空蕩的感覺。

「於是，其他家人就暫時搬去了大廈公寓，我們也是從那個時候開始來這裡工作。」

我嘆了一口氣。

我並不認為她的家人有什麼過錯，只覺得很無奈。

「……去年，新房子蓋好了，其他家人就搬去了那裡。」

我聽到這句話，驚訝不已。

「啊？等一下。」

我回頭看著江藤先生，發現他露出痛苦的眼神。

「這不是……」

她的家人蓋了新房子，在那裡展開了新的生活，然後把她留在這裡。

這不就是——

「幸村小姐……知道這件事嗎？」

「知道。」

我無法呼吸。

她得知這個事實時，不知道是怎樣的心情。光是想像她的心情，我的胃就好像揪緊了。

「她說『太好了』。」

「啊？」

我忍不住反問，江藤先生低下頭，似乎想要避開我的視線。

「她說她一直很擔心這件事，現在不用擔心了，感到鬆了一口氣。她當時笑著說，心情輕鬆許多。」

6

我在玄關接過了原本放在她房間的東西。

「須和先生，」江藤先生壓低聲音，「關於今後的事……」

「……是。」

「你打算繼續為陽小姐拍照片嗎？」

他在談論風險問題。不光是對她和江藤先生，應該也顧慮到我。

「……如果可以，我很希望可以繼續為她拍照，但還是尊重她的想法。」

這是我真實的想法，然後反問江藤先生。

「江藤先生，你認為呢？」

他露出猶豫的表情。

這時——她出現在江藤先生身後的走廊上。

江藤先生發現我的反應，也跟著轉過頭。

「陽小姐——」

「我沒事。」

她搶先回答了自己身體的狀況。

「江藤先生，我想和須和先生單獨談一談，可以嗎？」

江藤先生猶豫了一下，看了看她，又看了看我，然後……恭敬地鞠躬，轉身離開。

寬敞陰涼的玄關只剩下我們兩個人。

我在面對她時，終於知道了之前就很在意的問題的答案。

『江藤先生，我沒事。』

這句話好幾次都是她正在承受壓力時說出的，告訴江藤先生她並沒有發作——

「……你聽說了我生病的事吧？」

她垂下眼睛，露出淡淡的笑容。

「……嗯。」

「對不起，之前沒有告訴你。」

「不。」

接下來陷入的沉默感覺很漫長。

「我……」

她伸直了交疊在身體前的手掌。

「我不值得你拍我。」

我完全搞不懂因果關係。

她抬頭看著我。

「因為我很醜。」

「……什麼意思？」

我問她。

「對不起，我聽不懂這句話的意思。」

她的表情立刻緊張起來，隨即露出了自嘲的笑容。

「因為我無法接受我覺得不舒服的東西。」

所以才會喜歡照片。

「我剛才也說了，照片比現實更美好，從現實中擷取，施以魔法，讓原本漂亮的事物更漂亮，即使是平淡無味的生活，也可以過濾、消除掉那些粗糙的東西，呈現出美好的一面。」

的確如此。

「我只能接受這種漂亮的、柔軟的東西，而且很徹底，連身體都拒絕，這不是很……」她的聲音顫抖著，「這不是很醜陋嗎？」

她悲傷的笑聲餘韻未消，我立刻回答說：

「沒這回事。每個人都會有不喜歡的東西，只是妳的拒絕反應剛好成為妳的疾病……」

我不禁想對自己只能說出這種任何人都可以說出的膚淺話咂嘴。

要說一些只有我能說的話。自己內心真誠的話。

「我在拍妳的時候，從來不覺得妳醜。內心世界會呈現在外表上，就連此時此刻，我也超想拍妳。」

她的眉頭和嘴唇又擠出了陰影，好像在忍著疼痛。

「……我以前覺得自己很可愛。」

啊？我差一點脫口叫起來。

「你第一次上門的那一天，看到那張照片，看到那張照片上的自己，我覺得自己很可愛。」

原來是這樣。

「我當時很高興。」

雖然她這麼說，但無論當時和現在，從她的表情中都感受不到這一點。

「當你對我說，想要用那張照片，想要拍我，而且還因為拍我接到了案子時，我真的很高興。」

從她聲音和動作的溫度，眼神中的亮光，我知道她說的是事實。

「之前我一直給別人添麻煩，整天在這個家裡無所事事，人生就好像在等死。沒想到我竟然可以對別人有幫助，這件事真的讓我感到很開心。」

我驚訝不已，只能回望著她。

至今為止，我從來不知道她對這些事帶著這樣的熱情，因為我在和她聊這些事時，她每次都露出像剛才一樣，眉頭和嘴唇擠出陰影，好像在忍著痛的表情。

「但是，但是，」她繼續說，「我真的是因為對別人有幫助感到高興嗎？難道不是因為別人覺得我很可愛嗎？」

她用雙手按住腦袋兩側。

「我不喜歡自己在意別人說我可愛，又對自己不想在意這種事感到很得意，然後就覺得自己很矯情。」

「因為——」

「但是，能夠幫上別人的忙真的很高興，可是一想到自己可能自鳴得意，就覺得很討厭。」

「因為每個人——」

「但是，你……」

「妳真的很難搞欸！」

我終於不禁吐槽她。

——我懂了。

原來妳平時經常露出的那個表情是這個意思。

原來是妳很敏感，很平凡，很認真地煩惱時露出的表情。

「幸村，妳真的很難搞欸。」

她一臉嚇到的表情，我對她露出苦笑。

「這兩件事都是真的啊。」

沒錯。

「妳既覺得自己很可愛，也覺得能夠協助我接到案子很開心，這兩件事可以同時成立。事實上，妳真的很可愛，所以我才能拍下那張照片，大家也都說那張照片很棒，我也希望可以繼續拍妳。」

幸村低下了頭，似乎不知道該如何反應。

「但是，」我笑了笑，「正如妳剛才所說，照片有魔法，所以妳沒有像照片中那麼可愛。」

她眨眨眼睛，看著我，輕輕笑了。

「好過分喔。」

那是鬆了一口氣的笑容。

「而且，妳很難搞。」

「我難搞嗎？」

「嗯。」

「你真的很過分欸。」

為什麼？

和她在一起時，就覺得自己是比她年長的大人，就可以很順利地把這些話說出口。

「但我認為這就是妳迷人的地方。妳很體貼別人，和妳聊天之後，覺得妳很溫柔，現在我知道，那是因為妳經歷過很多痛苦。」

她輕輕吸吸鼻子，眼眶有點濕潤。

我抓抓頭。

玄關在不知不覺中變暗，我覺得似乎觸碰到飄浮在玄關的水分子。

「我會繼續為妳拍外面的照片，使出渾身解數。」

她用力點頭。

「總而言之……以後請繼續指教。」

她看著我的眼眸中閃著像小星星般的光芒。

她一臉難過的表情，但嘴角用力，擠出笑容，再次點點頭。

我覺得她努力對別人展露笑容時嘴角的酒窩很美。

7

接下來的日子，我為她拍了很多照片。

我拍了帶有魔法的美麗事物，拍了溫柔的世界，拍了可以溫柔地打動她內心的風景，可以溫柔地在她內心發光的風景。

同時，我也拍了很多她的照片。

我們每個星期見一兩次面，聊很多話題。

「我當初會開始拍照片，是因為家裡有一台老舊的數位相機，那是在我讀小學二年級的時候。」

「那麼早嗎？」

「是啊。用數位相機拍完之後，不是可以馬上在液晶螢幕上看到嗎？我覺得很好玩，當我拍到我爸很奇怪的表情時，全家人都會大笑，我覺得很好玩，而且很有成就感，就這樣迷上了。」

「我想看看你那時候拍的照片。」

「那些照片見不得人啦。」

她突然收起了臉上的表情，然後就像一陣風吹過般露出了微笑。我和她聊天之後瞭解到，她啟動了放棄的習慣，我幾乎可以聽到她把心收起來的聲音。

我猜想她至今為止，放棄了很多事。

「應該都留在老家，我下次再帶來。」

她立刻露出欣喜的表情，但隨即貼心地說：

「不必勉強，很耗費時間吧。」

「我會挑選拍得好的照片帶來。」

我明確地回答。她終於露出安心的表情。

但是，並沒有到此結束。

聰明而敏感的她立刻開始反省。

「我這個人很難搞吧？」

「超難搞。」

我故意很乾脆地回答，她露出鬆了一口氣的苦笑，才終於達成共識。

這就是我和陽相處的方式。

我越想越覺得她得了奇怪的疾病。

壓力這種東西，並不一定能夠意識到，也不一定來自外界，很多時候剛好相反。不喜歡尷尬的氣氛，對於讓別人產生這種想法感到很抱歉。陽在這方面的感性很敏銳，也因此會導致她發作。

我覺得她的開朗和親切來自於這種痛苦，所以最近看到她溫柔的樣子，總是忍不住感到難過。

「仁哥，要不要留下來一起吃晚餐？」

於是，我們會一起吃飯。

家境優渥的幸村家晚餐並不是豪華的法式大餐，而是「廚藝好的人用來款待客人的家庭料理」。

陽喜歡吃所有用雞蛋做的料理，我問她最喜歡什麼，她回答說是茶碗蒸，只是我不太確定茶碗蒸算不算是蛋類料理。除此以外，她還很喜歡吃迷迭香烤馬鈴薯（我也愛上了這道菜），她喜歡煎的德國香腸。

「啊，這也要拍嗎？」

她用叉子準備吃馬鈴薯時，我舉起了相機，喀嚓。

「我要拍啊。」

「你不是已經拍了嗎？」

「這張拍得很好。」

我給她看照片，她露出複雜的表情。似乎不太滿意。

「如果是我妹妹，即使這樣也會很好看。」

「妹妹？」

「我妹妹超可愛。」

她一臉開朗的表情談論她的家人，反而令我感到痛苦。

「絕對是妳比較可愛。」

我隨口說道。

她的雙眉和嘴唇又做出了那個表情。

五月一個下雨的日子，我在她房間的牆壁和天花板上放滿了我拍的照片。

關了燈之後，她的房間宛如我們包場的電影院。我們坐在一起抬頭看。

「我在高中暑假時，曾經去拍星星。」

我和她聊起往事。

「是在栃木縣的戰場原，是知名的觀星景點。」

「名字聽起來好威風。」

「是不是很震撼的名字？我搭了很久的電車，又換了公車，大家都去名叫三本松停車場的地方觀星，那天是新月，又是晴天，是觀星的最佳日子。」

「新月比較好嗎？」

「因為只要有一點月光，就無法看到一些小星星。」

「原來是這樣。」

「但是，那天的天氣預報不準，天黑之後，出現了雲層。其他開車來的人都覺得沒希望了，所以就都離開了，但因為已經過了公車末班車的時間，我沒辦法回家。」

「……沒問題嗎？」

「嗯，我原本就做好了在那裡住一晚的準備，而且那裡也有廁所和自動販賣機，只不過還是有點可怕。山上的夜晚很獨特，好像沉入黑夜中，或者說是融化在黑夜中。手機的螢幕是唯一的光源，感覺就像是救命稻草……我一直在看電池還剩幾趴。」

她的想像力很豐富，一臉緊張的表情看著我。

「但是——後來放晴了。」

我話鋒一轉。

「三點多的時候，我發現雲層消失了。那裡真的一片漆黑，我原本在看手機，抬起頭時，那一剎那感覺周圍更黑了，所以才會看得更清楚。我看到了星星，很壯觀，那是我有生以來第一次看到銀河，夜空中有一片巨大的東西……讓我覺得原來這就是宇宙，全身起了雞皮疙瘩……我慌忙架起相機，不停地按快門。那是一次超美好的回憶。」

「我想看看當時的相片……」

「現在回頭看，會覺得那些照片拍得不怎麼樣，但是……」

我仰頭看著天花板。

「如果在這個房間放滿當時拍的照片，可能很像在星象館。」

「好美喔。」

她小聲嘀咕，我轉頭看著她，發現她的眼神就像星星般閃亮。

我對著她舉起了相機。

即使我用鏡頭對著她，她仍然神態自若。我們已經很熟了。

喀嚓。我按下了快門。

「那下次就來播放。」

「好。」

喀嚓。

「陽，妳現在已經很習慣被我拍了。」

「最初的時候，聽到聲音會有點害怕，但是……」

「但是？」

「但後來我告訴自己，你按下快門的時候，就是你覺得『很好』的時候，知道這等於是你在對我說『很好』……所以就反而放鬆了。」

她害羞得像一朵花。

必須連拍的這個瞬間——我卻看著她無法動彈。

當我回過神時，我沒有按快門，而是做了相反的動作——移開了視線。

我在幹什麼？

不妙。我隱約有這種感覺。

為了擺脫這種感覺，我假裝若無其事地繼續拍攝。

「感覺很不錯。」

我讓她看剛拍好的照片，這也成為我和她之間習以為常的談話。

陽注視著液晶螢幕。她今天格外安靜，我正想問她原因。她先開了口。

「仁哥。」

「什麼事？」

「你之前曾經說，想拿我的照片去參加比賽。」

「……」

「可以喔。」

她小聲地說，我停頓一下，才轉頭看向她。

她真摯的眼神中似乎帶著一絲憂鬱。

「因為我希望可以對你有幫助。」

「……真的可以嗎？」

她用力點頭。

「謝謝。」

她害羞地揚起嘴角。

片刻之後，喜悅慢慢在我內心擴散。

那是對於能夠用自己最有自信的作品、帶著充實的心情拍下的作品、認為有把握的作品去決一勝負的興奮。

可以把她的照片拿給更多人看的喜悅。

「我一定會得獎。」

我發自內心這麼認為。心情忍不住興奮。

「如果可以舉辦攝影展，就可以讓更多人看到妳的照片。」

「這有點害羞。」

「我要讓妳成為永恆的女人。」

「永恆的女人？」

「這是某部電影中，莎士比亞的台詞，意思是說成為作品原型的女人將會永遠留下來，成為永恆。」

我把手放在陽的肩膀上。這時，我發現自己竟然心跳加速，趕快要自己冷靜下來。

「我會讓妳成為永恆的女人。」

她那雙宛如黑夜中亮光的眼眸閃爍著。

我覺得自己快被她那雙眼睛吸進去，悄悄收回了手。

我要離開的時候，陽送我到玄關，一臉心神不寧的樣子，似乎有什麼話想要說。

「怎麼了？」

「仁哥。」

我們同時開了口，兩個人都苦笑起來。

「什麼事？」

我再次問她，她從裙子口袋裡拿出手機，動作生硬地舉到胸前說：

「如果方便的話，可不可以、和你互加……這個的帳號？」

她出示了一個聊天應用程式。

我很驚訝，但立刻猶豫，不知道該怎麼辦。因為考慮到她的疾病，這種行為不是很危險嗎？

「你不用擔心，我不會和你聯絡……只是互加而已。」

她果然知道我在想什麼。

雖然不會用來聯絡，但想要互加。我多少能夠瞭解這種感覺。

「好啊。」

我拿出手機，和她互加了帳號。

當手機螢幕上顯示已經加入她的帳號時，覺得手機裡增加了某些特別的東西。

她確認了自己的手機後放在胸前。

「那就改天見。」

「請問……」

「什麼？」

陽什麼也沒說，抬頭看著我。她的雙眼和剛才一樣閃閃發亮。

「你下次會帶星星的照片給我看，對嗎？」

「對啊。」

「一言為定。」

「嗯。」

我又說了一次「改天見」，才終於離開。

夜晚的住宅區有點冷。我走在熟悉的街道上，漸漸遠離她的住家。

這時，內心有一絲不自在的感覺。

憑以往的經驗，我知道這是難過的心情，但我用力嘆息，不願去深思。

因為我有喜歡的人。

雖然內心深處有源自更大理由的感受，但我相信那是我不想看到的內容，所以就移開視線，蓋上了蓋子。

8

我輾轉難眠。

這是我身為職業攝影師第一次外拍的日子。

我掀開輾轉反側了一整晚的被子，比平時更有精神地吃了昨天買的水果和優格——聽說這樣的組合有助於活化大腦——作早餐，然後又確認昨晚已經收拾好的背包，出發上路了。

今天的拍攝地點是世田谷的祖師谷公園和周邊區域。

今天之前，我曾經多次實地觀察，確認了拍攝時間的光線、要在哪個位置拍攝，盡可能做好充分準備。

星期六早晨，小田急線的車內沒有太多人，只有看到媽媽帶著小孩、穿著運動衣準備去參加社團訓練的學生，以及看起來像是假日加班的上班族，沒有人知道今天對我來說是一個特別的日子。其實每個人都一樣，平時不經意擦身而過的人，有很多人當天都是他們特別的日子。

我想著這些事，到了離祖師谷公園最近的車站。

走出車站後，時間還早，走進便利商店打發時間時，心跳加速，大腿內側有一種發癢的感覺。

走向公園時，心跳得更厲害，在看到比我更早到的工作人員和保姆車時，更是達到了巔峰。

「早安，今天請多指教。」

我向編輯塚田和其他人打招呼。

一旦開始工作，心情就平靜下來了。因為我冷靜地認識到，這是在打工時經歷過無數次的狀況。

讀者模特兒從保姆車走下來，現場頓時變得熱鬧。

雖然其他人都很放鬆，但我感覺考驗實力的時間到了，頓時緊張起來。

「請多指教。」

讀者模特兒向我打招呼。

那是三個從高中到大學生的女生，最年輕的女生特別漂亮。該怎麼說，整個人很有味道。

「那就開始吧。」

塚田一聲令下。

我拿起相機，所有人的視線都集中在我身上。

我陷入一種錯覺，空氣好像變稀薄了。

好像全世界突然只剩下自己一個人，或是感覺自己站在很危險的地方。

這種感覺和打工時完全不一樣。以前當攝影助理時，誰都不會在意我，我就只是一個路人甲。

但是，今天必須以攝影師的身分發出指示，在眾目睽睽之下，將成果呈現出來。我深刻體會到這種立場和責任的不同。

「那我們去那裡。」

我將模特兒帶到我事先決定的位置。幸好由於準備充分，總算踏出了第一步，而且也因為拍攝過陽的關係，知道該怎麼向模特兒發出指示。

應該沒問題。

拍攝工作很順利，到了換衣服的時間。

其他工作人員各忙各的，我獨自陷入了焦慮。

——完全不行。

我依靠在河邊的柵欄上，在液晶螢幕上看著自己拍攝的照片。我可以感受到臉上的皮膚越繃越緊。

每一張都完全不行。

塚田的反應並不差。嗯，不錯啊。她覺得還可以。

但是，我完全不滿意。

最近，我開始覺得自己拍的照片很不錯，有時候覺得好像抓住了什麼，不禁自戀：「我會不會是天才？」

然而，今天的照片都平淡得出奇。

是因為緊張，導致無法正常發揮嗎？

怎麼辦？

「你還好嗎？」

回頭一看，最漂亮的讀者模特兒站在那裡。她似乎已經換好了衣服。

「呃，嗯——還好啊。」

「你好緊張。」她哈哈大笑起來，然後問我：「我可以看一下嗎？」

她說話的語氣很隨便，好像在和同輩聊天。這種漂亮女生很佔便宜，即使這樣說話，也不會惹人討厭。

她接過相機後，看了幾張照片後說：

「感覺好普通。」

「啊？」

「因為你拍照的時候表情很可怕，我還以為會很不一樣呢。」

她看到我一臉驚訝，露出潔白的牙齒笑了。

「別擔心，別人並不在意。」

記得以前畢業旅行去埃及時，雖然天氣很熱，但空氣很乾燥，所以感覺很舒服。和那個女生聊天時，讓我產生同樣的感覺。

「我自己不滿意。」

「嗯，我懂！」

她表示同意。

「有時候我也對自己拍出來的效果感到很不滿，但其他人都說『不會啊，我覺得很好』。」

「沒錯，應該就是這種感覺。」

「其實別人並沒有像自己這麼在意。」

「嗯。」

「所以沒事啦，太鑽牛角尖反而會搞砸。」

「……」

「我是說執著。」

她苦笑著，我也跟著苦笑起來。

「其實今天是我第一次接案，所以難免有些緊張。」

「啊？你今天第一次接外拍嗎？」

「嗯，對啊。」

「那你一定不會忘記今天，又是一種紀念。」

「妳是不是叫咲坂日菜？」

「好厲害，竟然記得我全名。」

「因為我看了很多次資料，相信永遠不會忘記這個名字。」

咲坂驚訝地眨眨眼睛，然後露出燦爛的笑容。

我覺得她臉上的表情很像陽。

「怎麼了？」

「沒事。」

「你愛上我了嗎？」
「才沒有。」
咲坂拍著手說：
「不是要愛上模特兒，才能拍出好照片嗎？就是所謂的有感情。」
這時，另外兩名模特兒也從保姆車上下來。馬上又要開始拍攝了。
「那我先過去了。」
她拍拍我的肩膀，準備和另外兩名模特兒會合。
「啊，對了，你叫什麼名字？」
「須和仁。」
「須和先生，等一下也請多指教。」
她揮揮手走遠了。
我看著她的背影，和在她前方的拍攝現場。我也要過去了。
當我意識到時間快到時，突然想到一件事。
——對了，我可以拍下眼前的景象給陽看。
我舉起相機，看著觀景窗，準備決定構圖的瞬間。

腦中突然一片清澈。

我按下快門，然後帶著確信看了螢幕。

拍出了平時的感覺。

我感到全身發麻。我清楚瞭解了之前捉摸不透，自己拍得很順利時的方法——訣竅。

在可以聞到太陽照射下河流味道的公園角落，在第一次接案的休息時間即將結束時，我在內心迎接了自己的革命。

——原來是這麼一回事。

我拍的照片和以前不一樣了。

別人開始說我拍得好，自己也有相同的感覺。

這都是我在拍照片時想著為陽而拍，也是在開始為她拍照片之後的事。

9

我把買來的雜誌排放在房間內的矮桌上。

我去了三家店，各買一本。每一本的內容都完全相同。

這是這個月出刊的《Ange》，刊登了我第一次外拍的作品。

我撕開紙袋，把雜誌拿出來，看著很有光澤的封面，然後翻到刊登了我作品的那一頁。

我忍不住笑了。

雖然出版社已經寄了樣本雜誌給我，我也看了好幾次，但說句心裡話，看到雜誌陳列在書店或是便利商店內，興奮的程度完全不一樣。

——明天。

我明天要帶去給陽看。

明天是我們見面的日子，她看了一定會很高興。我想像著我們一起看時的心情，不禁樂不可支。

這時，手機震動起來，我嚇了一跳。

螢幕上顯示的是『Ange編輯部』。未免太巧了。

『你好，我是Ange編輯部的塚田。』

「妳好。」

每次和編輯通話，我都會有點緊張。

『多虧你的幫忙，這一期順利出刊了！謝謝你。』

「不，我才要謝謝妳，我剛好去書店買回來，因為我想送給朋友。」

『啊？是這樣嗎？怎麼不早說，我可以寄給你。』

我覺得塚田的態度和以前似乎不太一樣。雖然她原本就不會很隨便，但我覺得今天和我說話的態度變得更有禮貌了。

『你拍的照片在編輯部大受好評。』

「喔，真的嗎？」

因為我還不習慣受人稱讚，所以不知道該怎麼回答。

『所以，我今天打電話的目的，』塚田的聲音顯得很興奮，『是主編說，無論如何，都希望你能夠為我們下下個月拍一個特集！』

啊？

「特集的頁面……嗎？」

『對，老實說，很少和攝影師第二次合作，就請他拍特集。』

我也知道。這種案子不會交給剛起步的新人。

「……」

我得到了雜誌主編的認同和拔擢，要接大案子了──因為太驚訝，我的思緒有點麻痺，但是我充分接受了這個事實，真真切切的喜悅和成就感在內心翻騰。

「我沒問題，請多指教。」

我們約定了開會討論的日期，然後掛上了電話。

「哇！」

我欣喜若狂，忍不住猛拍大腿。

我站了起來，毫無意義地在狹小的房間內走來走去，操作著手機。

我找出日曆，輸入行事曆。「15:00 Ange特集開會」。那一天出現了顯示還有其他行程的符號。

同一週內，還有其他行程的符號。要為其他家雜誌拍攝。

之前，我又拿著作品集去多家出版社自薦，竟然全都接到了案子，而且是連續接到案子，難以相信以前沒有一家出版社願意用我。

再加上剛才主編交給我那麼大的案子，我覺得自己的運氣改變了。

這都必須歸功於陽，她是我的幸運女神。

這時，電話又響了。剛好是江藤先生打來的。今天是什麼好日子？

『請問你現在方便說話嗎？』

「沒問題，有什麼事嗎？」

『我打這通電話，是想要通知你取消明天的約定。』

江藤先生低沉的聲音讓我有不祥的預感。

『陽小姐的身體狀況惡化……接下來這段時間可能無法見面。』

我的心重重一沉。

『這是症狀的一部分。』

聽江藤先生的語氣，似乎不需要太擔心。

『陽小姐的病情時好時壞，好的時期和不好的時期會輪流出現，前一段時間的狀況都算不錯。』

好的時期結束，現在進入了不好的時期。

「會有多不好？」

『只要做適當的治療，就不會有生命危險，只是無法和別人見面。』

「這樣啊……」

『等陽小姐的身體恢復之後，我會再和你聯絡。』

「好……請代我問候陽。」

電話掛斷了。

我不經意地看向矮桌，發現雜誌闔了起來，露出封底。

我輕輕嘆了一口氣。

……我以為那是理所當然。

我之前只看過她發作過一次，除此以外，她可以和我正常聊天、開玩笑，也可以正常吃飯。

我在不知不覺中以為這些都是理所當然的事，所以幾乎已經沒有意識到她罹患疾病一事。

但這根本不是理所當然。

我打開手機，打開了聊天應用程式。

陽的帳號畫面中，無論頭像和背景都是我拍的風景照。

「……」

最後，我輕輕點開了明天的行程安排。

『14:00　陽』

「……」

我刪除了這個行程。

3. 她的戀愛

1

「車子要轉彎了。」

我通知戶根先生和其他人，有車子經過。

清晨的路口，油蟬扯開嗓子大叫，彷彿在慶祝這個難得的晴天。

今天是我打工的最後一天。

「有路人經過。」

穿上熟悉的米色工作褲，腰上掛著專業攝影膠帶。

相隔一個月的打工，看到這些東西時覺得有點生疏，但開始工作之後，就很快進入狀況。目前正處於這樣的時期。

戶根先生和其他人圍在筆電前確認完成的照片。

不久之前，我向戶根先生報告，打算辭去攝影工作室的工作。

「謝謝這些年的指導。」我深深鞠躬說道，戶根先生有點不知所措地「喔」了一聲。

「你在工作方面，我完全不會擔心，但要多注意禮節。」

我更深深地鞠躬。

「仁哥。」

我正在回想那天的事，聽到後輩叫我。

「今天的天氣超好。」

「對啊。」

「這一陣子一直都在下雨，仁哥，你果然會帶來好運。」

雖然這個後輩向來都很輕浮，但他今天說話時，臉上有以前不曾有過的諂媚表情。

「和我沒關係吧？」

我和他有說有笑，心想以後應該不會再見到他了。

辭去打工的工作，就是這樣的感覺。即使聊天的方式和以前一樣，但彼此的關係就這樣畫上了句點。

「須和先生，」雜誌的編輯過來和我說話，「我看了Ange的特集，效果很棒。」

「喔，謝謝。」

「你最近幫很多家雜誌拍攝。」

沒錯，那次之後，案子就接不完。隨著雜誌出刊，其他雜誌也都主動邀約合作。加瀨說，這是大家都想「用他看看」的試用熱潮。

必須在這個階段好好努力——我也很瞭解這一點，所以所有案子都來者不拒。

「下次希望有機會為我們雜誌拍攝。」

「我也希望有機會。」

「要找須和老師，當然必須先經過我的同意啊。」

戶根先生開玩笑說，編輯也很配合演出地說：「那就拜託了。」

這時，我和正在為戶根先生遮陽的夏希對上了眼。她像往常一樣，露出可愛的笑容，向我揮揮手。

怎麼回事？

我發現自己向她揮手時，不再像以前那麼興奮了。

今天的攝影已經結束，我正在攝影棚的器材室整理。

因為我提出最後一次，希望獨自做善後工作，所以只剩下我一個人。

我一邊整理，一邊試圖沉浸在這是最後一次的感慨中，但還沒有太多真實感。我帶了相機來，不如拍下這個場景。

不一會兒，就收拾完畢了。

戶根先生今天召集大家，要為我舉辦歡送會。

「……」

學生時代，我一直想像自己會在攝影比賽中得獎，以「我以後要獨立成為攝影作家」為由，瀟灑帥氣地離開這裡。

雖然目前的結果和當初想的不一樣，但我認為這樣的結果也不壞。

「仁哥，」夏希走進來，「戶根先生說『再等二十分鐘』。」

「好啊。」

「對了，我也看了Ange的特集。」她邊說邊走到我身旁，「簡直太讚了！模特兒整個人都在發亮，厲害的攝影師拍出來的照片不是會有那個人的特色嗎？你的照片中就有這種感覺。」

聽了她的感想，可以感受到她熱愛攝影。

她抬眼看我的眼神很銳利，那是以前不曾有過的尊敬眼神。

「謝謝。」

我在回答的同時，覺得自己的心情太平靜了。如果是以前，一定會更加興奮。

不知道是不是我想太多了，我覺得夏希似乎停頓了一下，覺得有點納悶。

「反正還有時間，要不要幫我拍一張？」

「啊？」

「我當然知道不可能拍出像模特兒那樣的效果，但今天是你最後一天，我覺得很難得有機會讓你為我拍照……拜託了！」

她合掌拜託。

「好啊。」

我把背包拿過來，拿出了帶來的相機。

「啊，5D！」

「嗯嗯，新買的。」

這是比我從學生時代開始使用的佳能7D更高級的相機，因為要三十多萬圓，之前一直捨不得買。

「終於買了啊。」

「因為用7D工作實在有點太勉強了。」

我在說話的同時裝上鏡頭。這也是新買的。

50mm定焦鏡有大光圈，可以將人物拍得更美。

「那就來拍吧。」

我拿起相機轉過身，夏希露出困惑的表情，然後輕輕笑了。

「怎麼了？」

「我覺得你很有架勢。」

「是嗎？喔，妳站在那裡。」

我觀察室內的光線，指定了位置。

我舉起相機，隔著觀景窗捕捉夏希。50mm的鏡頭最接近人的眼睛，和背景之間的平衡，以及聚焦的方式很自然。

「做一個最有自信的表情。」

「最有自信的表情？」

「像是自拍時的表情之類的。」

夏希雖然鬼叫了一聲，但還是露出了拿手的表情。

「喔，超可愛。」

聽到我的稱讚，她頓時放鬆臉上的表情，雙眼炯炯有神。

——機不可失。

在按下快門的瞬間——真希望可以趕快用這台新相機為陽拍照。這個心願閃過我的腦海。我已經有兩個月沒見到她了。

我在液晶螢幕上確認剛才拍的照片，稍微調整一下。我自認拍得很不錯。

「怎麼樣？」

「嗯，拍得不錯。」

我讓夏希看了照片，她的嘴角立刻露出笑容，眼睛也亮了起來。

她目不轉睛地看著液晶螢幕上的自己。看了她的反應，根本不需要問感想，我也跟著高興起來。

「戶根先生可能快來了，我們走吧。」

「仁哥，」

回頭一看，夏希做出誠惶誠恐，或者說是畢恭畢敬的動作抬頭看著我。

「你等一下可以把照片用LINE傳給我嗎？」

「當然好啊。」我回答說，她露出了我以前從來沒有見過的、少女般的笑容。

＊＊＊

幸村陽很希望自己現在馬上死掉。

全身發熱和倦怠揮之不去。

她覺得自己好像變成了裝滿了混濁熱水而鼓起來的布袋，整天都躺在床上，無法做任何事，也不想起床。

好痛苦。

身體狀況差的時期，每天都這樣。

時間緩慢得讓人昏厥。簡直是苦修。只要活在世上，這段期間就會一次又一次造訪。

還有數十次？

如果還有十年的壽命，或是二十年的壽命，就意味著還有幾十次，甚至超過一百次……每次想到這件事，就會有一種衝動閃過腦海。

真希望馬上就死。

她搖了搖頭，趕走這種想法，吐了一口熱得發燙的氣。

敲門聲響起，門打開了。

女傭藤井推著推車走了進來。

「陽小姐，我送午餐來了。」

陽緩慢地仰頭看著她，藤井用很專業的溫柔態度問她：

「妳吃得下嗎？」

完全不想吃。

陽的想法可能寫在臉上，藤井準備離開。

「……吃一點。」陽回答說，「我來吃一點。」

既然已經做好了，不要浪費別人的心血。雖然這也是原因之一，但她更希望可以趕快好起來。

否則就無法見到他。

陽努力撐起身體，藤井把小桌子拉到床邊，把餐點放在桌上。清淡的料理在擺盤上花了不少心思。

陽總算吃完了一半。

「要不要吃一口水果？今年的第一批水梨上市了。」

前幾天才在吃桃子和西瓜。

「今天是幾月幾號？」

「九月三日。」

「……我這才發現沒有聽到蟬的叫聲。」

最後一次見到他至今，已經三個多月了。

「陽小姐。」

「是。」

藤井舉起貼了便籤的雜誌。

「雜誌上又有須和先生拍的照片。」

陽努力露出開朗的表情。

「謝謝妳，我等一下慢慢看。」

「那我放在這裡。」

藤井放下的雜誌旁，有一個包裝成禮物的大盒子。

「醫生說，根據檢查結果，妳的身體會慢慢好起來。」

「嗯嗯，醫生也這麼告訴我。」

「終於可以把這台相機送給他了。」

她難得露出了淡淡的笑容。

陽忍不住害羞起來。

盒子裡是一台相機，準備送給他作為終於成為職業攝影師的禮物。

聽江藤說，這台相機是佳能5D，比他的那台更高級。雖然價格不便宜，但很多職業攝影師都用這台相機。

所以，之前聽說他第一次接到案子時，就很想為他做點什麼，最後買了這台相機。沒想到身體很快出了問題，一直沒有機會交給他……

——突然拿給他，不知道他會不會嚇一跳。

之前他曾經帶給自己意外驚喜，她也想要回報一下。她興奮地想像著那時候的情景，成為支持她的精神支柱，撐過至今為止的痛苦時間。

她看著相機盒，怔怔地想著仁的事。

「真希望可以趕快見到須和先生。」

藤井說。

陽覺得自己的心思好像被看穿了，臉頰都發燙了。

「是啊。」

她努力冷靜地回答，然後拿起了叉子。

叉子一滑，掉了下來。

陽覺得掉落的聲音餘韻一直在房間內迴響。

藤井靜靜地收走碗盤後，陽看著她留下的雜誌封面。

「……」

想看和不想看的心情總是在內心天人交戰。

最後，她還是伸手翻開雜誌。

那是全頁的照片。在一片清澈碧藍的海邊，看起來很知名的模特兒笑得很燦爛。

藤井從上個月開始會帶雜誌給陽看，陽可以充分感受到他一步一步走向成功。

陽為他感到驕傲，而且從他的照片中，看到一眼就可以分辨出是他拍的照片的東西，就不由得感到高興。雖然看到『攝影：須和仁』的文字時，有一種他稍微離自己遠去的寂寞，但也可以同時感受到他的存在，內心不由得溫暖起來。

但是——

內心頓時被一種酸酸的東西填滿。

外面的世界。南方的白色沙灘、讓人看得入迷的漂亮模特兒。透過拿相機的他的眼睛，捕捉到她迷人的躍動……

「啊！」

醜陋的心情幾乎滿溢，她立刻把被子蓋在臉上，似乎想要蓋住那些醜陋的東西。

她拚命拒絕用言語形容剛才的感覺，不願面對。

不行。一旦感受到這種壓力，又會發作——

她努力控制自己的內心。

傍晚時，身體狀況突然好轉。

她能夠感受到。

不良周期結束了。

她渾身有一種解放感，好像涼風吹進了身體。當身體不健康時，就可以充分感受到健康的可貴。

她興奮不已，很想做一些前一段時間無法做的事。

平時她會吃很多美食、看電影，或是難得做一些自己喜愛的手工藝。

但是，現在的她沒有做其中任何一件事，而是站在走廊的窗前，注視著窗外的景象。

自從無法出門之後，她從來不曾想要這麼做。

在中學修學旅行的第一天之後，她就無法再去學校。

因為症狀越來越嚴重，她內心越來越焦慮，為了證明自己和其他同學沒什麼兩樣，她硬是逞強參加。

不，比起自己，父母更加逞強，幾乎用動怒的態度拜託學校讓自己參加。

修學旅行當天……她抱著隨時可能發作的炸彈上了車，過度在意別人疏遠的眼神、擔心的眼神，在去程的遊覽車這個無處可逃的封閉空間內出了問題，劇烈發病，導致行程大幅延誤，給整個年級的同學添了麻煩。

不久之後，她除了無法去學校上課，也無法外出。

走在街上，看到完全沒有客人的商店，就會為那家店的生意擔心；在電車上聽到討厭的聲音或是討厭的話；不小心走錯路，覺得當著眾人的面走回頭路很丟臉，結果想到「萬一在這裡發作怎麼辦」而感到不安、害怕，認為一旦出門，就無處可逃，會陷入像溺水般的窒息，最後被救護車送去了醫院。

所以，她不再想要外出。

她已經放棄了，做好了一輩子在家裡終老、死去的心理準備，然後不時站在窗邊看外面的風景。

之前也是這樣看著窗外時，讓他第一次拍到了自己。

——當時就站在那裡。

至今仍然歷歷在目。就在十字路口的那裡。

陽輕輕拉好窗簾，沿著走廊，走下樓梯。

沒問題嘛。

——我出門應該沒問題……

她毫無根據地萌生了這樣的預感。

她站在玄關。

記憶突然回閃。

最後一次送他離開時，他離去時的背影。那天和他一起吃了晚餐，鼓起勇氣和他交換了聊天應用程式的帳號。他告訴自己之前去拍星星的情況，然後約定要帶給自己看。現在回想起來，那天快樂得就像在做夢。

接著，他就走去了門外的世界。

「……」

陽打開了鞋櫃。

好久沒有穿的鞋子在陽光下好像微微呼吸。

她用指尖拎起鞋子，放在水泥地上，好像灰姑娘一樣慢慢穿上鞋子。

腳底感受著久違的鞋底。

噗通。心臟不太對勁地跳了幾下。

——沒問題。

她站起來，立刻感受到一陣麻木從腳跟傳到頭頂。

陽朝向門口踏出一步。

蹬。

蹬。

蹬。

她握住門把，手掌感受著久違的形狀。

呼吸加速。肺部的氧氣稀薄，心悸越來越嚴重。

但是。

並不至於不行。

「……」

——我想走出去。

我強烈地想要走出去。

我想要去見仁哥。

我想和他一起走在他照片上的風景中。

她打開了門。

夕陽從門縫中鑽進來。

一直呼吸家中空氣的鼻子，敏感地捕捉到戶外的氣味。

她把門完全打開了。

那是她很熟悉、很懷念的視野。

皮膚感受到的空間感覺不一樣。

好寬敞。

一望無際。意識一直飛向遙遠的遠方，漸漸消失。她親身體會到，家裡的空間果然太狹小了。

——沒問題。

她可以感受到自己嘴角露出笑容。完全沒問題。她繼續走向前。

砰。

門在身後關上了。

頓時——感覺完全不一樣了。

她覺得好像突然沉入深水中。

但是，還可以呼吸。並不是水，而是帶有水質感的半透明東西。這種東西以秒為單位越來越濃，讓她呼吸越來越困難，壓迫著她。

久違的景色讓她想起了過去不愉快的記憶。

寬敞的空間就像在海灣迷失了回去的海岸，越來越可怕。

當她閉上眼睛，心情稍微輕鬆一些。

——但是，這樣不行。

這樣不行，這樣就失去了意義。

她睜開眼睛。

努力想要克制。

但是，

她想起這種壓力會讓自己再度發作。

於是──

「呃！」

她打開門，逃進屋內。

「……呼……呼……」

密閉的玄關響起她急促的呼吸聲。

眼睛深處疼痛，漸漸滲出淚水。她閉上眼睛，闔上眼瞼。

雙手的手指撥亂了頭髮。

她放聲大哭。

2

相隔三個月來到陽的家裡，發現門旁好幾盆盆栽已換上不同的花。

「仁哥，好久不見。」

她的笑容依然柔和。

我忍不住目不轉睛地看著她。

她坐在椅子上，看起來似乎瘦了些。不，也許只是比之前更成熟了些。這個年紀的女生變化很快。

「身體狀況怎麼樣？」

「還不錯，讓你擔心了。」

她瞇起眼睛，露出親切的笑容。

「我看了雜誌。」

「喔？是嗎？」

「藤井拿給我看的……你最近很活躍。」

「沒有啦……」我正想謙虛地否認，但想到在她面前不必這麼做，「最近工作很順利。」

沒錯。

「在作品集中放了妳的照片之後，很容易受到肯定，無論去哪家出版社，都可以接到案子。」

真是太好了。我要向她表達感謝。

她微微露出那個表情，我想到很久沒看到她這個表情了。

「啊，對了，所以我也買了新的相機。我一直很想要這台相機。」

我從背包裡拿出5D給她看。

「這台相機雖然比原本那台貴三倍，但這是職業攝影師用的好相機。我終於能夠用自己的錢買得起這台相機，或者說需要買這台相機了，讓我深有感慨。」

這時，我發現她顯得很驚訝。

「怎麼了？」

她聽到我這麼問，就像植物慢慢改變形狀般，很自然地恢復了原本的微笑。

「沒事。」她露出了更深的笑容，「太好了。」

我雖然覺得有點不太對勁，卻不知道哪裡不對勁。我感到不安，想要努力消除這種不安。

「我想要道謝。」

陽微微偏著下巴，似乎聽不懂我這句話的意思。

「我要向妳道謝。」

「啊，什麼？不用了，不用了。」

「因為這一切都是拜妳所賜。是因為妳願意讓我拍，而且……」

而且，我是想著要為妳拍照，所拍的照片才漸漸受到了肯定。

不知道為什麼，原本要說的這句話卡在胸口。為什麼？以前不是有話都可以很自然地說出來嗎？

「……總之，我想要向妳道謝。只要是我力所能及的事，妳可以隨便說，不管是不是拍照的事都沒問題。」

陽一臉為難的表情仰頭看著天花板。

「妳有沒有想做什麼事？」

她急忙思考起來，突然幽幽地說：

「……我想看星星。」

「啊？」

我在反問的同時，她用雙手捂住了嘴巴。

「呃……那個……我不是這個意思……」

她為什麼這麼慌張？

星星？星星是……喔！

「對喔，我們上次約好了，要在這裡播放我之前在高中時拍的星空照。沒錯，對不起，我忘了。」

我恍然大悟。陽之所以這麼慌亂，是因為她這麼說，等於在責備我忘了這件事。

「我下次一定帶來，我在手機上記錄下來。」

當我在手機上記錄完成時，她已經恢復平靜。

「雖然不能說是補償，我因為工作的關係，去了很多漂亮的地方，我把那裡的風景都拍了下來。」

我打開相機，改成了檢視模式。液晶螢幕比之前的相機更清晰，所以我很想讓她看看。

「好期待。」

「我有言在先，真的超美。」

我沒有看她的臉，轉動轉盤，轉回之前拍的照片。

沒想到轉過了頭，轉到了為夏希拍的照片。就是在打工的歡送會前，她叫我為她拍的那張照片。

我正想轉回去時，陽問我：

「這個人是誰？」

「打工地方的後輩——應該說是之前的後輩，因為我辭職了。」

她沒有吭氣。

這種間隔有點微妙，我忍不住瞥了她一眼。

她注視著液晶螢幕的表情並沒有太特別。

「她真可愛。」

「嗯，是啊。」

我喜歡夏希，只是現在沒有以前那麼喜歡了。我假裝若無其事，克制著內心的想法。雖然我覺得其實說出來也沒關係。

「她很可愛，舉手投足很有趣，是一個開朗的女生。」

「你喜歡她嗎？」

「啊？」

當我轉過頭時，和她的視線相遇。
她端正的雙眸盯著我，完全沒有絲毫的動搖。
我一時語塞，很快從內心深處找到了回答。
我還來不及開口——陽的臉頓時紅了起來。
她猛然站了起來。
「啊！」
我忍不住叫了一聲，她背對著我，走向後方的牆壁。
「陽——」
「對不起，」她雙手捂著臉說，「今天可以請你先離開嗎？」
她的聲音聽起來很急迫，我很擔心她會發作。
「妳沒——」
「拜託了。」
她打斷了我。
她的背影感覺就像是暴風雨突然來臨，急忙關上窗戶的情況。

3

我接到夏希傳來的訊息。

我在去現場的電車上回覆她。

夏希最近不時會傳訊息給我，告訴我打工那裡的事或是吃了什麼東西，都是一些稀鬆平常的內容。她的訊息也和她本人一樣輕鬆而可愛。

經常看到有人在電車上邊滑手機邊笑，我現在也是這種狀況。

夏希今天傳來的訊息中提到了即將舉辦的攝影展，我回覆說「感覺很有意思」。

『那要不要一起去看！？』

『我可以配合你的時間！』

——和夏希一起去看攝影展嗎？

『好啊。』

『等我一下。』

我回覆之後，從皮包裡拿出記事本。隨著工作越來越多，我經常必須邊接電話，邊確認自己的行程，已經無法只記錄在手機上了。

這時，手機螢幕顯示接到了電子郵件——是江藤先生。

江藤先生通知我，希望可以取消下一次見面。

我坐立難安。電車剛好到站，車門打開了。雖然還沒有到我要去的那個車站，但我還是下了車。

我打電話給江藤先生。

「我是須和，請問你現在方便講電話嗎？」

『沒問題。』

「我看了你寄來的電子郵件，陽的身體又不舒服了嗎？」

江藤先生停頓了片刻。

『她這麼說，』江藤先生的回答很不乾脆，『但醫生檢查認為並沒有異狀。』

「……」

「……陽有沒有說什麼？」

我的腦海中閃過上次離開前發生的事。

『——你是問我原因嗎？』

「啊，不……」

老實說，我至今仍然搞不懂為什麼那天會那樣。

我陷入煩惱，江藤先生也沉默了，似乎想要瞭解我的意圖。

『我改天再聯絡你。』

「麻煩你了。」

我掛上電話，月台上響起快車經過的廣播。

當我看著電車發出轟隆隆的金屬聲呼嘯而過時，想起忘了回覆夏希訊息，慌忙打開應用程式。

4

走出攝影棚時，剛好遇到花木。

他和幾個工作人員在一起，我們都驚訝地「喔！」了一聲，相互打了招呼。

「等一下要拍嗎？」

「不，已經拍完了。」

花木回答。我也剛拍完，所以就對他說：

「所以我們剛才同時在不同的樓層拍攝。」

「對啊。」

那是雜誌社經常用來拍照的攝影棚。

「原來是這樣，竟然有這麼巧的事……最近還好嗎？」

「嗯。」

「花木先生，你們認識？」

其中一名工作人員問他。

「對，他是須和，是我朋友，也是攝影師。」

「啊！」另一名工作人員叫了一聲，「就是為Ange拍特集的那位攝影師吧？很高興認識你。」

那名工作人員笑著遞上名片。

「你好。」

我已經習慣了這種事。

之後，我和所有人交換名片，也告訴他們，我和花木是專科學校時的同學，最後，那幾個工作人員說：

「那……我們就先走了。」

他們很貼心地留下我們離開了。

「……」

我們並沒有什麼安排，這樣反而造成了壓力。

「……要不要一起去吃飯？」

我問花木。

「我肚子還不餓。」

花木就是這種人。

下午四點，的確還不到吃飯的時間。

「那……就一起走去車站。」

「嗯。」

我們走在澀谷的住宅區內。

九月已經過了一半。天色還很亮，氣溫也很高，但已經明顯不是夏天的陽光了。街景的陰影和樹葉的鮮豔程度不一樣。

「仁，你剛才在拍什麼？」

「CD的封面，你呢？」

「百貨公司的海報。」

「沒想到你也接商業的案子。」

「只要有人找我，我就會拍啊。」

我們邊走邊聊著工作上的事。

「仁，你的照片，」

「嗯？」

「在那次之後，進步很神速。」

突然聽到他的稱讚，我不知道該如何反應。

「……你有看嗎？」

「嗯。」他很乾脆地點了點頭，「很不錯。」

他用他特有的坦誠態度說。

「……謝、謝謝。」

那次之後——同學會的那天，在我家看了我的作品集之後至今五個月左右，發生了很多事。沒錯。雖然我們現在很輕鬆地聊工作的事，但不久之前，我還難以想像能夠和花木像這樣聊天。

「你打算去參加比賽嗎？」他轉過頭問我，「加瀨不是說，希望你把那個女生的照片做成系列嗎？有辦法搞定嗎？」

「……嗯，她已經同意可以拿去參加比賽，目前正在拍攝。」

「太好了，絕對可以得獎。」

花木看起來很高興。明明不是他的事，卻對我能夠參加攝影比賽感到高興。我認為他的這種單純、沒有心機是他的優點。如果是以前，他的這種優點會讓我感到自卑，內心覺得很不舒服，現在已經能夠坦誠以對。

也許是因為這個原因。

「喂，花木。」

「什麼？」

「你可不可以幫我看一下那些照片？」

我終於能夠開口拜託花木了。

「我希望你可以給我一些關於參加比賽的建議。」

花木露出比我剛才邀他去吃飯時興奮一百倍的表情。

「好啊，如果你有時間，等一下就可以去看啊。」

「那就拜託了。」

內心所有的混濁頓時煙消雲散，心情格外舒暢。

花木坐在我的筆電前，用滑鼠點了兩次文件夾。

「我稍微挑選了一下，然後放在這裡面。」

因為至今為止，我拍了很多陽的照片，所以每次都挑選出比較理想的照片，按照日期存檔。

花木一臉專注地看著照片。

傍晚的公寓房間內不斷響起喀答、喀答的滑鼠聲音。

別人當面看自己的作品時，感覺自己就像是一尊心神不寧的石像。這樣的時間不知道過了多久。

花木突然停下，然後看了幾張以前拍的照片，最後又看了最近的照片——他在比較。

花木摸著後脖頸，在和室椅上顯得坐立不安。

「……怎麼了？」

「啊……沒事。」

他難得說話這麼不乾脆。如果是對照片的看法，無論是好是壞，他都會直言不諱。我想起以前讀書的時候，他偶爾也會像現在這樣。當時是怎樣的狀況？

花木又再度看照片……他看完了所有的照片。

他回頭看著我時，斬釘截鐵地說：

「我認為絕對可以得獎。」

我可以感受到大腦分泌出多巴胺。

「你認為有希望嗎？」

「嗯，只要好好整理。」

「按照時間順序嗎？」

「我認為可以，如果是我，還會思考如何寫說明的文字。」

「需要說明嗎？」

「你打算不使用說明文字？」

「我也很想用畫面讓人瞭解……不讓觀眾有先入為主的想法。」

「我能夠瞭解你的想法，但故事很重要。在瞭解背景的瞬間，對照片的看法就會完全不同。你之前應該也有過這樣的經驗吧？」

的確。

「尤其她有特殊的背景。我看了其中幾張，也想瞭解當時的狀況。我認為你必須明確向觀眾傳達，作品必須能夠傳達給看的人才有意義。」

花木充滿熱忱地說。我想起他從學生時代開始，就一直堅持這樣的主張……應該說，我能夠理解。

「……有道理。嗯。」

我發自內心慶幸向他請教這件事。

向晚的藍色光線照進已經沾滿灰塵的薄窗簾，機車從窗外經過。我正在考慮搬家，突然想到今天的事可能會成為這個房間最後的回憶。

「……但是，還少了點什麼。」花木說，「不，現在這樣也可以得獎，我認為這點絕對沒問題，只是覺得還少了點什麼……某種更……」

「……少了什麼？」

我問。花木用力抓著頭髮，閉上眼睛，低下頭，然後又抓著頭髮。

「……對不起，忘了我說的話。」

「我很在意啊。」

但他沒有明說，然後就結束了這個話題。

「不好意思，我都沒有倒茶給你喝。」

雖然我這麼說，但三餐都靠便利商店打發的單身生活，家裡並沒有準備任何飲料。

「去車站的路上要不要順便吃飯？」

現在我真的想這麼做，所以就約了他。

「好啊。」

花木的肚子應該也餓了。

「仁，」

我正在做出門的準備時，花木叫了我一聲。我轉頭看著他，發現他有點心神不寧，似乎有什麼話難以啟齒。

「你和……幸村有在交往嗎？」

「啊？沒有。」

我很平靜地回答，花木微微瞪大眼睛愣住了。

「幹嘛？」

「沒事。」

這時，手機響了。是夏希打來的。

「不好意思。」我向花木打了聲招呼，接起了電話。

「怎麼了？」

『啊，不好意思，突然打電話給你！仁哥，你人在哪裡？』

「在家啊。」

『啊，太好了！』

「嗯？」

『我正在搭東横線準備從横濱回去！你不是住在日吉嗎？如果你有時間，要不要一起吃飯？』

「妳想敲詐我嗎？」

『呃，有什麼關係嘛，反正你現在那麼紅。』

聽到她撒嬌的聲音，我忍不住笑了起來。

搭東横線從横濱回到都內，的確會經過日吉，而且也離這裡很近。

我眼角掃到花木，想起了之前的約定。

對了，擇日不如撞日。

「我買了《TUTU》和《夕月》！」

夏希雙眼發亮地對花木說。

我們正在車站前的連鎖居酒屋。因為是非假日，而且時間還早，所以店裡沒什麼客人。

「這兩本我都很喜歡，現在偶爾也會拿出來翻一下。看了之後超療癒。」

「謝謝。」

花木似乎對這種話已經聽多了，淡淡地回答，然後就沒了下文。我很希望他可以多說幾句。

「妳有沒有特別喜歡哪一張照片？」

我問夏希。

「啊！呃，我想想……」夏希發出低吟思考起來，「嗯，每一張都超喜歡，不知道要選哪一張！」

「突然問妳，妳也很難回答吧。」

「就是啊。」

雖然剛介紹他們認識時，夏希很興奮，但她不是那種能夠滔滔不絕聊作品的攝影迷，花木也不是會主動找話題的人，所以氣氛很快就冷了下來。

於是，夏希就一直找我說話。

「仁哥，我們什麼時候去看攝影展？」

「喔，下週一或下週五我可以。」

「那就星期五！那天我也休假。」

「那就決定那一天吧。」

「好！哇，真期待啊。」

她坐在那裡跳了起來，瞇起眼睛，吃著鮪魚生魚片。

花木一直看著我。

「怎麼了？」

「啊……」

花木立刻轉過頭，和剛才在公寓時一樣，不，他的舉止比剛才更加可疑了。

「不，沒事。」

我超在意是怎麼回事。

雖然我追問他，但他直到最後，都堅持「沒事」。

5

『陽小姐說不想和你見面。』

江藤先生的話就像鐵鎚般打擊了我。

我坐在保姆車上，從拍攝現場準備回家。接到了江藤先生的聯絡，要求再次取消見面，我回電問了陽的身體狀況，他這麼回答我。

「……所以她的身體並沒有問題。」

『雖然有點不適，但並不至於無法和人見面。』

但是，她不想見我——

額上的毛孔對壓力產生反應，開始感到刺痛。

「……為什麼？」

『我問了小姐……』

江藤先生說，她沒有說原因。

——為什麼？

她討厭我了嗎？我忍不住抓狂。

『須和先生，不好意思，請問你知道是什麼原因嗎？』

我到底做了什麼？

江藤先生似乎隔著電話，感受到我極度困惑，無聲地嘆了一口氣。

『如果有什麼情況，我會再和你聯絡。』

我無法阻止，他就掛上了電話。

我躺在被子中，仰望著公寓的天花板。

難得可以好好睡一覺的夜晚，我卻完全沒有睡意。

我又回想起那一天的事。

我想給她看照片，給她看在工作時拍的各種照片。我想讓她看新相機的液晶螢幕，結果——

啊，轉過頭了，轉到了夏希的照片，然後陽就問我：「你喜歡她嗎？」

——

我似乎發現了什麼，但不願再想下去，就像是看到暴風雨即將來臨，立刻關上了窗戶。

手機響了。

我以為是工作的電話，沒想到是加瀨。

『喂，你人在哪裡？』

「……在家啊。」

『那你可不可以開一下門？』

「什麼？」

『趕快啦。』

電話掛斷了。

「……」

我帶著不祥的預感，但又無可奈何，只好慢吞吞走去玄關，打開了門。

「嗨！」

加瀨笑著向我揮手。

我不想要這種無聊的意外驚喜。

「……幹嘛？」

「聽說你正身陷絕妙的三角關係中！」

我聽不懂他在說什麼。

「……啊？」

「我今天聽花木說了，我可以進去嗎？」

「啊，你——」我抓住了加瀨的手臂，「你說三角關係是什麼意思？」

「就是成為你模特兒的幸村？還有打工那裡的後輩，忘了叫什麼名字，然後還有你。」

他用手指著我。

「哪有啦……」

我努力擠出笑容，但我發現自己心跳加速。

「怎麼可能有這種事，夏希的話……」

「所以這件事你承認了。」

……這件事沒辦法否認。

「花木沒見過陽，所以不知——」

「他說只要看照片，一眼就看出來了。」

「……啊？」

「所以我也很想看一下，打擾了。」

這次我沒有阻止他。

他一屁股在我的和室椅上坐了下來，擅自打開我的筆電，然後叫我打開文件夾。

加瀨按著箭頭鍵，一張一張看著照片，突然停下來。

「嗯，真的愛上了。」

那是陽在聽我說去戰場原拍照時，我為她拍的照片。

加瀨回頭看著我。

「你真的不知道嗎？看眼睛就知道了啊。」

「……我只覺得她和我的關係比之前好了。」

笨死了。加瀨露出無奈的表情。

「不，加瀨……真的嗎？」

「百分之百！」

這時，我發現自己內心深處的蓋子出現裂縫。

陽面對鏡頭時的雙眼直視著我，一動也不動，而且眼神炯炯。一旦意識到這件事，就可以看到她眼神中的痛苦。

恍然大悟的瞬間隨著許許多多的照片在我腦海中甦醒。

「你老實說，你對她有沒有感覺？」

聽了加瀨的問題，我猛然回過神。

「你想和她交往嗎？」

內心深處承受重力，用來掩蓋情緒的蓋子，龜裂越來越大。沒想到——

「我勸你還是不要。」

他目不轉睛地看著我的眼睛。

「她不是得了無法外出的重病嗎？如果不徹底想清楚，根本沒辦法和她交往，需要有充分的心理準備。」

加瀨的話說中了我內心一部分的想法，這是蓋子輪廓的一部分。

「尤其是像你這種性格，如果沒辦法把握好分寸，我勸你也別再去為她拍照了。」

「但是——」

「沒必要為了比賽做到這種程度。」

他理所當然地說。

「你現在即使沒得獎，也可以過日子啊。」

他的尖銳輕易而精準地戳中了我的痛處。

沒錯。我現在已經踏上了職業攝影師之路，受到肯定，也產生了自信。工作很穩定，收入不錯。這種狀況的變化，對我內心的影響超乎想像。

現在馬上想要參加攝影比賽，無論如何都要得獎，非得獎不可——這種渴望漸漸淡薄了。

只要在這個行業，一定會有機會成為攝影作家。真的要去參加攝影比賽，無論如何都想爭取針對新人的攝影獎嗎？我內心漸漸產生了這樣的動搖。

「那對打工的那個女生呢？」

「……」

我喜歡她。

我這麼認為。

雖然不像以前那麼喜歡，但和她見面、互傳訊息很開心。照理說應該是如此。

加瀨看了我的表情，露出好像吃到了什麼有淡淡苦味的東西，然後故意露出輕鬆的表情說：

「既然這樣，你就和她在一起啊。」

這時，我發現了一件事。

如果被夏希甩了，我的內心就只剩下碎裂的蓋子。

6

我在玄關送加瀨離開時，放在矮桌上的手機震動起來。

「那我走了。」

加瀨貼心地匆匆離開。

「不好意思，那就改天見。」

我們匆忙道別，然後我去拿起了手機。是江藤先生打來的。

他可能向陽打聽到了什麼情況——我帶著這種期待接起電話。

「你好。」

『陽小姐不見了。』

我花了幾秒鐘的時間，才終於理解他說的話。

『剛才找遍了整個家裡，都沒有看到她的身影，她的鞋子和皮夾也都不見了。』

「……」

心臟在肋骨內急速膨脹，由於事態太嚴重，我忍不住問：

「你的意思是……她出門……了嗎？」

雖然是明知故問，但仍然無法不這麼問。

『對。』

江藤先生說話難得這麼急促，可以感受到他內心的慌亂。

我腦海中浮現她發作時的情況。

她之前不是說，外出的時候，一旦發作，就無法恢復嗎？

想到這裡，不由得從骨子裡發冷。

『有沒有去你那裡？』

「沒有。」

她不知道我住在哪裡。我和江藤先生都無暇想到這件事。

『你對她會去哪裡有沒有什麼線索？』

我還想問江藤先生這個問題。

「請問有沒有報警？」

『等一下就要去報警了，如果你有任何消息，請通知我，那就先這樣。』

「啊。」

江藤先生已經掛上電話。

我放下手機，打開了聊天應用程式。

陽的帳號。

我撥打了她的電話。

鈴聲響了十五次，但沒有接通。

我在聊天的畫面傳了訊息。

『妳人在哪裡？』

她沒有讀。

我衝出了公寓。

「不好意思，請問這個女生有沒有來過這裡？」

我把陽的照片出示給店員。

即將打烊的蛋糕店內沒什麼客人，這裡就是我之前用蛋糕給陽意外驚喜那家蛋糕店。

江藤先生和警察應該會在住家附近尋找，我絞盡腦汁，終於想到了這裡。

我給每一個店員看照片，店員不是搖頭就是偏著頭。我提心吊膽地看著他們，眼角掃到了內用區。

——那個時候。

「謝謝你們！」

我衝出撲空的蛋糕店，在人行道上奔跑。

——那個時候，我只是純粹地這麼想。

我只是想讓因為生病無法外出的女孩高興。

結果成功了，我覺得自己做了一件好事。

對我來說，陽之前就是這樣的對象。

陽之前就是這樣的對象。我發現自己用了過去式。

腿上的肌肉繃緊，即使奔跑，也幾乎無法前進。在看到目白車站時，我停下了腳步。

「……呼……呼……」

我喘不過氣，後腦勺陣陣發痛。我深刻體會到自己平時運動不足——這時，我想到了一件事。

對了。

她會不會去了家裡？

並不是她目前住的那個家。

而是她的家人所住的新家。

陽聽說她的家人搬去新房子時，鬆了一口氣說，自己不再是家人的負擔，而且她也曾經和我聊起她的妹妹。「她很可愛。」她說這句話時的表情，看起來不像討厭妹妹，或是和妹妹之間有什麼疙瘩。

她會不會去找她的家人了？

即使沒有去找家人，會不會和家人聯絡？

我打開手機，想把這個發現告訴江藤先生，結果先出現了和陽聊天的畫面，我發現那裡發生了小小的變化。

她已讀了。

這代表她看了手機——她還活著。

我在鬆了一口氣的同時，畫面動了。

『對不起。』

陽傳了訊息給我。

全身的血都集中在腦袋。我著急起來。陽的手機上應該馬上出現了「已讀」這兩個字。她知道在這一刻，我們都同時看著手機。

——

我下定了決心，按下了通話鍵

手機傳來好像積木滾動般的鈴聲。

一次、兩次……十次……我以為沒希望了。

就在這時，鈴聲中斷了。

她接了電話。

「陽？」

電話中傳來靜靜的雜音……她在戶外。

「妳在哪裡？」

我邊問邊尋找沒有人的地方。

妳為什麼出門？我原本想接著問這個問題，但最後忍住了。我默默等待她的聲音。

過了一會兒。

『仁哥……』

聽到她極度虛弱的聲音，我感到戰慄。

「什麼？」

『希望你……可以成為很厲害的攝影家。』

她這句像是遺言的話，把我內心已裂開的蓋子打得粉碎。

『我相信你一定可以。』

小雨越下越大，和頭頂流下來的汗水一起滑落我的臉頰。車站前的喧鬧聲很遙遠。

『因為……你的照片很出色。雖然我不喜歡我自己，但我可以喜歡你鏡頭下的我，看了之後很感動，覺得很棒……讓我忍不住想要流淚。我相信每個人看了都會有相同的感受……我相信現在已經是這樣了。所以……呃……你是很厲害的攝影家。』

「……謝謝。」

陽聽了我的回應，發出心願已了般的嘆息。

『能夠告訴你真是太好了。』

言下之意，似乎已經沒有遺憾了。

「……」

我握著手機的指尖沒有感覺。

我的視線毫無意義地左顧右盼，認真思考著如果可以瞬間移動，不知道該有多好。就好像小時候帶著一絲期待，模仿超級英雄，以為自己或許可以真的變身那樣。

「陽。」

她的呼吸很微弱。戶外的世界，對她而言的極地把她脆弱的生命逼入絕境。

「陽。」

『……我喜歡你。』

那一剎那的聲音以清晰的輪廓穿越了我的耳朵。

『仁哥，我很仰慕你。』

別人的話語。

我從來不知道，從別人口中說出的話語，竟然可以如此動搖我的心。

當我為這種驚訝感到發抖時，她突然哭了起來。

『對不起……』

我陷入茫然，無法向她發問。

『我……怎麼會……不可以說出來……這麼沉重……我在最後的最後……』

她為自己感到不知所措，嘆息、懊惱著。

『……對不起……』

失望。

陽流下的淚水，和淋濕我身體的雨融為一體，讓這種感情更強烈地滲入我心，我著急不已。

我感覺她想要掛電話。

她一旦掛上電話，就無法再接通了，也永遠無法再見到她了。這些想法在變成言語之前，在腦海中形成意念。

「我喜歡妳。」我大叫起來，「我也喜歡妳。」

從蓋子中噴出的感情很灼熱，宛如太陽般光芒燦爛。

「我直到前一刻都沒有意識到，我一直不願正視。因為妳是公主，是我重要的模特兒，所以我覺得不能碰妳——不，不對。我只是害怕而已，所以不敢靠近罹患重大疾病的妳，在妳我之間豎起了一道牆。」

燃燒的感情彈了出去，飛向空中。

沒錯，我害怕面對她的疾病，所以一直不願正視，避免自己涉入。

我只想當關心一個生病女生的好人。

「但是，但是，想到妳可能會死，想到可能再也見不到妳——我覺得……」

我用力抓住胸口。

「我超不願意。」

我的感情飛出去了。

「我想一直和妳在一起。」

不知道我的感情是否沿著天空，送到了她心裡。

『……真的嗎？』

她的聲音在發抖。

「嗯。」

所以——

「所以……妳千萬不可以消失。」

淋濕臉頰的雨水和我的淚水混在一起。我聽到了陽的嗚咽。我覺得我們兩個人的淚水透過電話混在一起，然後從夜晚的雲中溫暖地從天而降。

就在這時——

『仁哥……』

她原本在哭的聲音突然變了。她的語氣很興奮，似乎發現了什麼美好的事。

『我……我的身體沒問題了。』

「啊？」

『剛才還很疼痛，很痛苦，簡直快要死了。』

她說話的語氣，聽起來就像是遇到奇蹟的古代人。

『現在……完全沒事了。』

7

江藤先生說，接到計程車公司的聯絡，得知了陽目前所在的位置。

她在住家附近搭上計程車，想要去很遠的地方。

司機覺得她當時的情況不對勁，所以打電話向公司報告。司機說，她在車上一直閉著眼睛，好像在害怕什麼，不停地發抖。即使問她是否身體不舒服，她也堅稱「我沒事」。開了幾個小時之後，突然說：「我要在這裡下車！」然後跌跌撞撞地在一片空曠的地方下了車——

我租了車子，正趕往那裡。

我從都心上了高速公路，一路飆車，現在正沿著崎嶇的山路上山。

我以前曾經來過這條路。

那時候我搭公車，而且是白天，花了大錢買了車票，為難得出遠門緊張不已。

但是，我現在開著租來的車子，而且是晚上，因為下雨形成了濃霧，根本看不清楚五公尺外的路，一路開得膽戰心驚。

我無法靠目視，只能靠衛星導航系統的道路標識緊握方向盤。說實話，我害怕得想要放棄。

但是……

「陽。」

我對著放在手機架上的手機說話。

『是。』

我在開車時，一直和她保持通話。她說只要和她通話，她的症狀就會改善。

「我快到了。」

『……好。』

汽車導航系統用GPS顯示了她所在的位置，代表我這輛車子的藍色箭頭正慢慢靠近那裡。

我開車行駛在空無一人的濃霧山路上，感覺就像是太空人前往其他星球。

「妳想看星星嗎？」

『對。』

她承認了。

『因為我想看看最後一次和你聊到的那個地方，然後在那裡靜靜地死去。』

「為什麼？」

『因為和你……』

她說到一半，停頓一下，似乎決定換一種方式說。

『……因為這種病，我覺得未來不會有什麼好事發生。』

「我剛才也說了，」我輕輕踩著油門說，「我喜歡妳。」

『我很高興。』她用平靜的聲音回答，『但我還是覺得不行。』

「為什麼？」

『因為我生了這種病。』

「但妳現在沒問題。」

『我想只是暫時的。』

「也許並不是。」

『如果是這樣，那就太好了。』

但是……

『即使退一萬步，真的是這樣，我這個人也很難搞，而且明明說要靜靜地死去，接到你的電話時，又想要在最後和你說幾句話，然後又接起了電話。我這個人很沒用，太沒有決心了。』

我忍不住笑了起來。

『你為什麼笑？』

「因為我覺得女生很少會說自己沒有決心這種話。」

『是嗎?』

衛星導航系統的箭頭離她越來越近。

『啊!』她興奮地叫了起來,『有光靠近!那是你嗎?』

她的聲音中難掩安心和喜悅,我也跟著開心起來。

在山路盡頭的隧道前,在路旁那片好像小草地的地方……

陽就在那裡。

我走下車,我們相互凝視,不發一語地走向彼此。周圍瀰漫著水蒸氣和潮濕的青草味。

在霧燈的照射下,我們面對面,彼此之間只有不到一公尺的距離。

好久不見的她,無論服裝還是頭髮都是至今為止最美的一次。只有臉上的妝容被她哭花了。

八成她是真心想死。

在我看到她的瞬間,內心熾熱的感情再度膨脹。

陽察覺了我的視線,害羞地想要遮住妝花了的眼睛——

我緊緊抱住她。

我被她的身體好像飛禽般的脆弱感覺嚇到了,立刻放鬆手臂的力量,輕輕摟住了她。

「……我朋友也勸我不要。」

我感受到陽的脖子微微動了一下，潮濕的空氣中，聞到了她有點凌亂的頭髮味道。

「但是，我現在瞭解了。」

我繼續向夜晚傾吐熱情。

「我還是喜歡妳。」

雖然我已經不知道為什麼，但是——

「這種事根本不重要。」

只是她的所有都讓我憐愛，讓我心痛，我想要把她放在首位。

她一直很緊張，聽到我這番話，好像泡進了熱水般慢慢放鬆、滋潤起來。

「……我這樣的人，」她小聲在我耳邊問，「我這樣的人真的沒問題嗎？」

潮濕的她發著抖，好像剛出生般不知所措。

「我想會帶給你很多很多困擾。」

我手臂用力，牢牢地圈住她的身體。

「我要的就是妳。」

那就像是只能傳遞到我們兩個人擁抱在一起的半徑的魔法。

同時，我有點想讓更多人知道，這個魔法對世界發揮了作用。

一下車，我們就忍不住叫了起來。

天空中有無數的星星。

這裡是離戰場原不遠的三本松停車場。標高一千四百公尺的知名攝影景點，是一片一覽無遺的星光絕景。

「……太美了。」

她的手放在車門上，站在那裡愣住了。

「真實的星空太美了……」

我站在她身旁，帶著懷念的感覺抬頭看著星空。

不需要裁剪和後製的真正絕景能夠震撼身體深處，這是照片無法傳達的活生生體驗。

有很多空位的停車場內，除了我們以外，沒有其他人。星況絕佳的日子難以想像竟然沒有其他人，應該是天氣預報失誤，在雨後出現了這個限時奇蹟。

我看著陽，想要告訴她這件事。

她像月亮般靜靜地流著淚。

一直無法外出的她，此時此刻在山上，注視著這片彷彿地球懸在宇宙中的雄壯景象，我無法想像對她的內心造成了多大的震撼。

「……我可以說一句不中聽的話嗎？」她說，「我現在很想死。」

我緊張起來。

「因為……」她繼續說了下去，「你說你喜歡我，而且我們一起看了這麼美的風景，我好幸福……我太幸福了，我覺得我的人生中，不會有比此刻更幸福的時光了。」

我立刻握住她的手。

我的手指碰到她冰冷的手背。

「……仁哥，你的手好熱。」

「經常有人這麼說，還說很適合揉麵包的麵團。」

陽輕輕笑了。

「如果死了，就無法再感受到了。」

她看著我們握在一起的手，閉上眼睛。

「這就虧大了。」

「以後一定還會有，」我溫暖著她冰冷的手，懇切地說，「一定還會有讓妳感到太幸福的事。因為我和妳在一起，我們可以創造大大小小的幸福，雖然偶爾可能會有摩擦，但我們可以創造屬於我們的時間。」

我好像在向星星許願，對著星空發誓。

我握緊她的手，輕輕一拉，讓她面對我。

她望著我的那對眼眸宛如墜落在夜晚海中的星星般晃動、閃爍。

她真摯而緊張。她似乎察覺了自己的表情，揚起嘴唇，下巴到臉頰的線條勾勒出優美的弧度。

「好。」

她露出了像滿月般的微笑。

我被她美麗的引力吸引，情不自禁地吻了她。

一打開門，看到了一如往常的白色房間，她像往常一樣面帶微笑。

「讓妳久等了。」

她做好了萬全的準備，拎著一個小皮包，站在我面前。

「那我們走吧？」

「好啊。」

陽回答後，拿下掛在脖子上的項鍊。那並不是首飾，而是需要照護的獨居者和罕見病者專用的緊急呼叫器。她放在小茶几上。

「讓你久等了。」

我們走出房間，沿著樓梯下了樓。

晚上九點。江藤先生和藤井都已經下班了，豪宅內靜悄悄的。

來到一樓後，她向我使了一個眼色，走去後方的廚房。打開冰箱，把裡面的食材放進了托特布包內。我拍下了她的身影。

「讓你久等了。」

她走到我身旁，在玄關穿上鞋子。

然後和我一起走到門外。

照亮車道的燈光下，可以看到吐出的白氣飄過眼前。冰冷的空氣讓皮膚縮了起來，已經可以感受到冬天的氣息了。

「沒事吧？」

「沒事。」

「趕快上車。」

我們一起坐上停在外面的愛車上。她坐上副駕駛座後，身體抖了一下。

「陽。」

「沒事，我只是覺得冷。」

即使我們開始交往之後，她和我說話的語氣還是這麼一板一眼。

「是嗎？」

我打到D檔，把車子開了出去。

在戰場原看星星之後，我和陽開始交往已經兩年了。

─After Story─

4. 她的家人

1

最大的改變，就是陽可以外出了。

但只限「有我陪伴在身旁的夜晚」，也不能有其他人在場。

我猜想應該和戰場原的那次經驗有關。如果用專業術語來說，就是有附帶條件。當時平安無事的經驗，對陽的心理產生影響。

沒錯——就是她的「心」。

平時為她看診的里見醫生也有相同的見解。

陽的疾病完全是心理因素造成的，只要能夠解決這個問題，或許可以治療——目前看到了這樣的希望。

「仁哥。」

聽到陽的叫聲，我回過了神。

「你今天拍什麼？」

「喔……電影相關的攝影工作。」

「是喔，什麼電影？」

「就是……」

我邊開車，邊像往常一樣和她聊今天的工作。

窗外的便道上有許多連鎖餐廳，看起來很熱鬧，充滿我們談話的車內就像是漂浮在夜晚街道的包廂。陽也曾經說「好像在家裡一樣」，對她來說，我開的車子也是安全的場所之一。

我目前是以時尚攝影為主的商業攝影師，工作很順利，收入還不錯，可以在東京都內養一輛車，還租了一房一廳的新大廈公寓。

我把車子停進了大廈的停車場。

陽把托特包重重地放在桌子上，把裡面的蔬菜和肉拿了出來。

兩年前搬來這棟大廈的房間，和之前租的公寓完全不一樣。

這裡很新、很漂亮，浴缸可以自動加熱，還有免治馬桶。空間比較寬敞，而且因為隔熱建材的差異，即使冬天也比以前暖和多了。

最重要的是，陽在這裡。

「仁哥，你肚子餓了嗎？」

「好餓。」

「那我稍微蒸一下就好。」

陽走去廚房，熟練地從上方的櫃子中拿出蒸籠。

她開瓦斯加熱裝了水的鍋子，利用這段時間洗了蔬菜切碎後放進蒸籠。鍋子裡的水沸騰後，把蒸籠放在鍋子上。她的動作已經非常熟練。

買了蒸籠之後，她就迷上了蒸菜。尤其熱衷於研究如何將茶碗蒸蒸得很光滑，她今天應該也會做茶碗蒸，之前不管是魚還是肉，她都蒸著吃，但德國香腸還是用煎的。

當我隔天沒有工作，或是比較晚開始工作的日子，陽就會來我家，差不多一個星期來一兩次。

雖然我之前不太能想像，但陽很會做家事。應該說，她變得很會做家事。

起初她做起家事很笨手笨腳，但在轉眼之間就變得很拿手。一問之下，她才害羞地告訴我「我請藤井教我」。

想到她為我這麼努力，不由得感動不已，我記得當時忍不住緊緊抱住了她。

陽穿著圍裙，從冰箱裡拿出蘸蔬菜吃的柚子醋和味噌。

沒錯，陽在這裡。

所以這個房間裡有以前沒有的桌子、雙人沙發，和有點可愛的裝飾品，充滿了柔和清潔的感覺。

「啊，我來拿。」

陽把蒸籠拿下來，我走去廚房，準備幫忙。

「麻煩你了。」

我經過她背後時，看到了她的背影。

她用髮夾夾住頭髮。削瘦的肩膀，可以感受到她像羽毛般柔和的體溫。

我像往常一樣，從背後抱著她。我感受到她輕輕笑起來。

「今晚吃什麼？」

「我要炸豬排。」

「太好了。」

我摸了摸她的頭。

「不行。」陽為難地扭著身體，「我這樣會沒力氣做飯。」

雖然我還想繼續抱她。

「我要炸豬排了。」

陽的意志很堅定。

我無可奈何地退回沙發，從背包裡拿出相機，然後隔著吧檯，拍她下廚的樣子。

還有一件和以前不一樣的事。

我目前所使用的5D是陽送給我的。

我自己買的那台5D收起來當備用機。

陽睡在我旁邊。

回想起來，第一次帶她來這裡時，真是大費周章。

最初是因為我給她看了退租公寓的照片。

我之前一直住在這麼破舊的公寓——我帶著這樣的心情給她看照片時，她說她很想去那裡看看，而且遺憾的程度令我驚訝。然後她對我說：

『我想去你住的地方看看。』

她說的這句話，和普通的女生對男朋友說這句話的意義完全不同。

對她來說，去別人家就像要穿越紛爭地區，是帶有巨大風險的行為。

但是，她堅稱既然在車上沒問題，去我家也絕對沒問題，在這件事上不願讓步。

來到我家，站在客廳，發現她的身體沒有發生任何異常變化時，我和陽都感動不已。我們興奮地大叫著，簡直就像是日本隊進入世界盃足球賽時的澀谷街頭。

「……」

半夜十二點已過的臥室內，暖氣、加濕器和她均勻的呼吸靜靜地循環。

她安詳的睡臉面對著我，但她為了入睡，服用了安眠藥。

她太敏感，原本就很不容易入睡，平時就會偶爾服用安眠藥，所以和別人同床時，當然少不了安眠藥。

陽起初向我隱瞞了這件事，當我得知這件事時對她說，不需要為了在一起過夜這麼辛苦，但她拜託我說，她希望這樣，希望可以在我身旁入睡，她覺得那個瞬間讓她有幸福的感覺。

有時候我覺得她是不是太努力了。

我們交往之後，陽不惜冒著危險來我家，然後學會了做家事，盡可能扮演一個好情人……不，陽應該覺得只是努力當一個「普通的」情人。

即使我委婉地表達我的擔心，陽總是顧左右而言他，所以我也就不再多說。

我用大拇指撫摸她的額頭，嘴角很自然地浮現了笑意。

陽這麼努力，我要好好愛她，好好支持她。這種想法就像冬天的暖爐般打開了。

2

「辛苦了！」

我、加瀨和花木三個人一起乾杯。

我們正在串烤店後方的座位，今天難得聚餐。

「我們多久沒一起吃飯了？」

加瀨問。花木和我分別回答：

「……最後一次應該是今年初吧？」

「二月底啦。」

「喔，是那一次，完全不覺得隔了那麼久。」

的確。

「之前一直聽人家說，一年過得比一年快，現在才發現真的是這樣。」

「你們不是才二十六歲嗎？我明年就三十了，現在已經是年底了。哇！太可怕了！」

加瀨遮住自己的臉。

「加瀨要三十了啊。」

我突然感覺到歲月的流逝。當初在學校認識他時，我才二十一歲。和那時候相比，發生了太多變化。無論是三個人的處境、聚餐的地點、談話的內容和感覺都不一樣了。

我今天打算和他們聊的內容或許是最大的變化。

「對了，我今天啊，」加瀨突然改變了話題，「拍了咲坂日菜，她超可愛！」

「誰啊？」

「你竟然不認識她！」

加瀨對花木吐槽說，然後用語音輸入在手機上搜尋。

「就是她！你應該看過吧？」

「喔。」

花木是典型靠視覺記憶的人。

「仁，你應該認識她吧？」

「她在爆紅之前，我曾經拍過她。」

「是喔。」

「那次是我第一次接案。」

「真的假的？」

不久之後，她就迅速竄紅，去年開始經常在廣告和綜藝節目中看到她。

「所以你應該深有感慨吧？」

「是啊。」

「日菜一下子爆紅，你也一樣啊。」

「我稱不上是爆紅啦。」

我目前算是很受歡迎的年輕攝影師，但總覺得難以更上一層樓，或者說還有進步空間，最近有一種在樓梯口原地踏步的感覺。

我還沒有用陽的照片去參加攝影比賽。雖然一方面是因為工作忙碌的關係，但我一直對花木之前指出的問題耿耿於懷。

加瀨也和我一樣，目前處於既不算差，但也不算很好的狀況。走在我們前面的花木正在向更高的目標邁進。我現在能夠理解這種感覺。

之後，我們邊吃邊聊著無關痛癢的話題。

「我們三個人能夠像這樣輕鬆地聚在一起，真是太好了。」

酒過三巡之後，加瀨深有感慨地說。

「真的太好了。」

我充分瞭解他這句話的意思。

最近經常覺得不太好意思邀約的對象越來越多。

因為工作的狀況和處境不同，話題不合，導致彼此相處時很尷尬。

我們的工作很容易發生這種情況，不久之前，我對他們兩個人來說，也是這樣的對象。

所以專科學校時的同學都能夠在攝影界發展順利，平時可以開心地聚在一起並不是一件簡單的事，所以我們彼此都很珍惜對方的存在。

「加瀨、花木……」

我決定在這個時間點開口。他們兩個人都看著我。

「我打算向陽求婚。」

「啊！」

加瀨立刻驚訝地問，花木輕輕瞪大眼睛。我察覺到自己微微張大了鼻孔。

加瀨的表情閃爍一下，似乎想要說什麼，但最後笑了笑說：

「恭喜。」

「沒問題嗎？」

花木直截了當地問。

「我想我應該需要很大的決心。」

他們都知道陽生病的事，所以能夠瞭解因此帶來的困難。

「我之前提過，她會來我家過夜，我們的交往和大家差不多，從某種意義上來說，她的身體狀況也很穩定。」

「有沒有拜訪過父母？」

「還沒有……」

我從來沒有見過陽的家人，也沒有通過電話。我一直惦記著這件事。

「但或許是一個良好的契機。」

「說到底，是你們兩個人的問題。」

加瀨說完，用力拍了一下手說。

「好！那就來想一想要怎麼求婚！」

「真的假的？」

「怎麼了？求婚不是很重要嗎？尤其對女生來說，一輩子只有一次。」

也許是這樣。

「我有一個朋友，決定去遊輪上吃晚餐，在欣賞大海時求婚，沒想到他老婆暈船，到現在仍然為這件事唸他。」

「太沒道理了。」

「這又不是男生的錯。」

花木有點不太感興趣。

「嗯，這是很極端的例子，總之，這是很重要的場合，必須做好萬全的準備。」

他在說「萬全的準備」時，舉起了葡萄酒杯。

老實說，我也因為不知道該怎麼辦，所以想和他們討論一下。

「首先要設定情境。」

「要製造驚喜嗎？」

加瀨聽了我的話，「嗯」了一聲，閉上眼睛。

「我覺得這種場合不要搞太多花樣比較好，要在某種程度上讓對方有心理準備。」

「有道理。」

我和加瀨在研究求婚的計畫，花木露出發自內心感到麻煩的表情。他果然對交女朋友這種事沒有興趣。

「總之，要準備花。沒有女人討厭花。」

我聽取加瀨熱切的建議，總算擬定了大致的計畫。

「——那就祝仁成功！」

在加瀨的吆喝下，我們又乾了杯。

「仁，」花木看著我，露出平靜的笑容，「改天讓我們見一見陽。」

「喔，對啊，拜託了。」

加瀨抓著我的肩膀搖晃起來。

「好啊。」

我也希望安排陽和他們見面。

「仁要結婚了！」

加瀨仰頭看著天花板，深有感慨地嘀咕。

＊＊＊

幸村陽正在做夢。

那是小時候的夢。

那一天，父母有事要外出，只有陽和妹妹日菜在家。

「那就請妳照顧日菜。」

媽媽說。雖然那是第一次遇到這種狀況，但當時陽還很活潑健康，是無論在各方面都比別人優秀的優等生，所以父母完全不需要為她操心。

陽敏感地察覺到這一點，所以心情有點沉重。

因為妹妹日菜身體虛弱，而且脾氣很不好。

媽媽可能察覺了陽的表情，隨口對她說：

「陽，今天是妳當媽媽的日子。」

雖然媽媽只是隨口說說，但這句話打動了陽幼小的心靈。

當媽媽的日子。

所以是大人。

於是，陽當媽媽的日子就開始了。

「日菜，今天是姊姊當媽媽的日子。」

陽這個姊姊摩拳擦掌，但妹妹像往常一樣，露出耍性子的眼神看著她。

「要不要玩撲克牌？」

「要不要吃點心？」

「要不要說故事給妳聽？」

無論陽說什麼，妹妹都搖頭說：

「不要。」

妹妹很頑固。也許是因為陽經常外出，平時很少陪她玩的關係。陽覺得傷透腦筋，最後想到了一個好主意。

「要不要來做透明塑膠板？」

前天在學校上美勞課時做了透明塑膠板。用麥克筆在塑膠板上畫畫後，放進烤箱，塑膠板就會縮起來，很好玩。

「透明塑膠板？」

妹妹終於有了興趣。

然後，她們去附近的一家老舊文具店買了材料，兩個人一起動手製作。

陽畫了小鳥，日菜畫了偶像明星。

即使陽建議她，最好畫更簡單的東西，但日菜堅持要畫偶像明星。

把塑膠板放在烤箱中加熱時，發出了獨特的臭味。

「好臭。」

「真的好臭。」

兩姊妹誇張地捏著鼻子笑了。

日菜畫的偶像明星細節太多，而且畫得也不好，所以成品慘不忍睹。陽做的小鳥很漂亮，甚至可以拿去跳蚤市場賣錢。

「我要姊姊做的鳥。」

日菜任性地要求。

「好啊。」

陽很乾脆地答應了。因為今天是她當媽媽的日子。

「真的可以嗎？」

「可以啊。」

日菜接過小鳥塑膠板，目不轉睛地打量著。

「妳要好好收起來。」

日菜聽到陽這麼說，難得順從地點頭。

「……真羨慕姊姊。」

「為什麼？」

「因為妳都可以常常出去玩。」

陽其實也很羨慕日菜。

但是，她並沒有說出口，只是撫摸著妹妹的頭。

「等妳長大之後，也可以常常出去玩。」

夕陽從大窗戶照進寬敞的客廳，象徵了這個溫馨日子的色彩。

幾年後。

小鳥塑膠板被剪刀剪得粉碎，丟在陽房間的地毯上。

3

夜晚就像混雜了玻璃般冷冽清澈，可能會下雪。

我從停車場走回住處，吐出的氣都是白色。

一拉門把，門就打開了，客廳的燈光照在狹窄的走廊上，飄來一股做完菜之後的味道。

今天陽在我家。

因為寒冷而僵硬的皮膚漸漸放鬆下來。

回到家時，有心愛的人點亮的燈光和溫暖迎接，內心就會感到滿足。我鬆了一口氣。

「我回來了。」

能夠說這句話，也是以前單身生活時所沒有的特殊感覺。

——咦？

陽平時都會打開客廳的門迎接我回家。

她在廁所嗎？我這麼想著，走進客廳。

我立刻聞到了剛打掃過的房間特有的清淨，以及燉煮肉和蔬菜的香氣。

陽躺在沙發上。

她把脫下的圍裙放在一旁，閉著眼睛，一動也不動。

「陽？」

我有一絲不祥的預感，走了過去，蹲下來看著她的臉。

她的表情和呼吸都很平靜。是她平時睡著時的樣子。

我有點驚訝。

陽的神經向來繃得很緊，竟然會在沙發上打瞌睡，而且睡得這麼熟，即使我在她面前，她也沒有醒來。

這也許證明她已經徹底適應我的住處。這麼一想，就覺得很高興。

我注視她片刻，然後悄悄拿下肩上的背包，拿出相機。必須拍下她這一刻。

我在觀景窗內看著她很平常的睡姿，正準備按下快門——

陽抖了一下，醒了。

「陽？」

她聽到我的叫聲，轉頭看著我，一臉搞不清楚眼前狀況的表情。

她的身體狀況似乎沒問題。

「妳剛才睡著了。」

「啊？」

陽環顧周圍，似乎在翻找記憶，然後嚇了一跳。

「原來我睡著了。」

她自言自語說著，看起來有點高興。

「妳突然驚醒了，剛才在做夢嗎？」

陽聽到我的問題，嘴唇微微用力，然後摸著耳朵後方回答說：

「沒有。」

這是她感到為難，或是說謊時的習慣動作，但我覺得沒必要追究。

我決定在平安夜向她求婚。

在家裡吃聖誕節蛋糕後交換禮物，然後晚上開車去兜風。當車子慢慢行駛在六本木之丘或是表參道的彩燈之間時，對她說「我們結婚吧」——這就是我的計畫。既簡單，又浪漫。

陽正在廚房把料理裝盤。

雖然這一幕和平時一樣，但因為我內心有求婚計畫，所以有點坐立難安。

「今天特別冷。」

我們一起坐在餐桌旁吃飯時，我和她聊天。

「啊？是嗎？」

足不出戶的陽不太瞭解這種事。

「我從空氣的感覺判斷，今天可能會下雪。」

「啊？」

陽的聲音頓時興奮起來。

「妳很喜歡下雪，對嗎？」

「我喜歡。」

「不知道有沒有下……」

我走去窗邊，拉開窗簾。

「啊！」

我們不約而同叫了起來。

外面在下雪。

陽立刻起身走了過來。

大片的雪花飄落在住宅區。

「好棒喔。」陽走到我身旁說，「不知道會不會積雪。」

「有可能，因為這場雪看起來不會馬上就停。」

「我一直很納悶，你為什麼都知道天氣？」

「可能是受我爸的影響。」

「你爸爸？」

「因為他是漁夫。」

「是嗎？」

「對啊。」

「好厲害。」

「一點都不厲害。」

她的反應讓我忍不住苦笑，陽突然露出深邃的眼神說：

「希望以後可以見到他。」

她小聲嘀咕，好像在說一個遙遠的夢想。對陽來說，和不認識的人見面是需要極大勇氣的行為。我當初因為幫她拍了那張照片，才會見到她。

我摟著陽削瘦的肩膀，撫摸著她的頭。她舒服地垂下眼睛。

「仁哥，我們要不要去陽台上？」

「可以嗎？」

「可以。」

打開窗戶，冬天的空氣飄了進來。但是雪吸收了寒冷，戶外不再像剛才那麼刺骨冰冷。雪也吸收了聲音，讓夜晚籠罩在獨特的靜謐和氣味中。

我們依偎在二樓的陽台上，看著眼前的景象。

「我一直很想在冬天放煙火。」

「啊，感覺很棒。」

「如果可以在這種下雪的時候放煙火，感覺會很不錯，而且有一種夢幻的感覺。」

「我覺得是好主意。」

陽的聲音聽起來很興奮。

我轉過頭，看到了她眼神中的興奮。

「……心動不如行動？」

「好啊。」

我們開車出門。

去唐吉訶德雜貨店買了煙火，來到大公園的角落。

深夜的公園內飄著大雪，放眼望去，除了我們以外，沒有其他人。

陽為我撐著傘，我撕開煙火的塑膠包裝紙，把煙火伸進雪中。在雪中放煙火的反差和平時完全不同，已經令人忍不住興奮。

我把其中一支煙火遞給陽，她也露出興奮的表情。

我們站在一起，用打火機點火。煙火前端的薄紙燒了起來。快了，快了。這種期待的瞬間很棒。

但薄紙燒完後，仍然沒有點燃煙火。

「是不是受潮了？」

我很有耐心地用火燒著前端。

咻。

粉紅色的火噴出，然後用力飛了出去。

「哇！」

我們歡呼起來，簡直就像看到火箭發射般激動。

噴射的粉紅色煙火旁，像蠶絲般的火星像箭一下飛出去。白色的煙霧升起，火藥的刺鼻味道掠過鼻尖。

我的情緒高漲，笑了起來，回頭看著陽。

她也同樣露出了笑容。

這時，煙火燒完了。

「一下子就沒了。」

「對啊。」

「根本來不及感受雪景。」

「對啊，那再來一次。」

我打算拿出新的煙火，看到了大筒煙火。

「啊，等一下，我們來試試新的玩法。當煙火噴向空中時，應該可以讓周圍的雪看起來很美……」

陽的雙眼就像煙火般閃亮。

「我們去更暗的地方。」

我們快步走向沒有路燈的暗處。我覺得好像回到了學生時代。

「真好玩。」

陽小聲嘀咕。

我把大筒煙火豎在碎石路上，拉出導火線點了火。繩子咻地燒了起來。我充滿期待地後退，站在陽的身旁。我們共享著眼前的快樂。

大筒煙火像香檳一樣噴出了火光。

火光照亮周圍，照亮了地面、樹葉的背面和飄落的雪花。

那是從未見過的冬天景象。

「哇啊！」

我們不約而同地叫了起來，然後相互凝視。

她是全世界最美的女人。

「陽，」我帶著很自然的心情對她說，「我們結婚吧。」

陽被煙火照亮的臉龐靜止不動。我那句話的意思似乎慢了一拍滴入她的心中，激起了驚訝的漣漪。她露出了好像快哭出來般痛苦的眼神。

火光消失了，周圍恢復黑暗和寂靜。

「……你每次都這麼突然。」陽對我說，「你第一次說想拍我的時候，還有向我告白時都那麼突然。」

她說得沒錯。

「對不起。」

陽搖搖頭，輕輕吸了吸鼻子。

「真的可以嗎？」她的聲音帶著顫抖，「和我在一起，會帶給你很多不方便。」

「現在還說這些。」

「但是——」

「妳很努力，」我用力說道，「妳不是在很多事上都為我努力嗎？」

「但是……」

我知道陽想要說什麼。一旦結婚，分量就不一樣了。我們未來真的要讓兩個人的人生結合為一種生活嗎？有辦法走下去嗎？

我不知道。

但是和她交往兩年，此時此刻，我真心這麼想。

「只要有妳陪伴在我身旁，這樣就足夠了。」

陽的淚水滑落的速度比雪飄落的速度更快。

「我……」她的鼻子塞住了，說話的聲音也有點混濁，她用力吸吸鼻子，「我……無法想像自己的人生……會有這種事。」

她用拿著雨傘的手擦著眼淚，然後想到自己的另一隻手上拿著手帕，立刻換手擦眼淚。

我噗哧笑了，覺得眼眶發熱，想起了一件事。

兩年前，我曾經在戰場原對她發誓。

「我不是說了嗎？之後也會有。」

她用眼神發問。

「之前看星星的時候。」

「……幸福的事。」

沒錯。

「不是真的有嗎？」

「……嗯。」

「以後也會有。」

我又許下了新的誓言。

「雖然沒辦法每天，可能一年也不會有一次，但以後一定會有。」

陽又哭又笑地點頭。

我緊緊抱住她。

陽一直摸索著撐傘的角度，避免我被雪淋到。

我覺得很像是她的作風。

4

撥電話給老媽之前，我先調整了呼吸。

晚上八點。對我的父母來說，黎明前就開始的一天即將結束，他們正準備上床睡覺。

我身體前傾，坐在家裡的沙發上，撥了我媽的電話。

鈴聲只響了一次就被接起。

『什麼事？』

電話中傳來被海風吹得有點沙啞的聲音。

「現在方便說話嗎？」

『什麼事？』

我媽說話很簡短，她討厭別人說話拐彎抹角。因為這件事很重要，所以原本不想這樣開門見山，但看來行不通。

「我打算結婚。」

我媽陷入沉默，但沉默的時間也很短。

『和誰？』

「和誰……在這裡認識的人啊。」

『她是做什麼的？』

「呃……」

我瞥了一眼坐在我旁邊的陽。

「……算是幫忙家務？」

我媽再度沉默。隔著電話，也可以感受到她的慌亂。

老公。

我媽叫著我爸。

仁說他要結婚了。

不一會兒，就聽到腳步聲越來越近。

『我叫你爸聽電話。』

電話默默交給了我爸。

『你要結婚？』

聽到我爸響亮的聲音，我忍不住把手機拿遠了。

我身旁的陽應該也聽到了，她露出微笑。

「對啊。」

原來向父母報告是這樣的感覺。我終於有了真實感。

『是模特兒嗎？』

我愣了一下。因為對我來說，陽的確是我的模特兒，但我爸問的是專業模特兒。

「不是。」

『你們什麼時候來？』

他們夫妻兩人都投快速球。

我轉頭看著陽，陽直視著我，點了點頭。

「……下個星期或下下個星期的星期六可以嗎？」

『不能星期天來嗎？』

星期天是休漁日。我能夠理解。

「我想晚上去，所以隔天你們休息比較好吧？」

我爸似乎不太能夠接受。

我再次調整了呼吸。

「……有一件事要告訴你們，是關於我帶回去給你們看的那個人。」

然後，我把陽的病況告訴他們。

我不知道事先準備的話是否充分傳達了這件事。我爸難得陷入長時間的沉默，但最後說「無論如何，見了面再說」。

然後就掛上了電話。

「下個星期六嗎？」

陽問。

「真的沒問題嗎？」

這是陽提出的希望。她希望見一見我的父母。

雖然她是我的未婚妻，這是理所當然的事，但陽的情況不一樣。對她來說，和「合不來的人」見面，可能會帶來致命的危險。

陽比普通人更溫柔，更懂得忍耐，具備了讓對方盡可能感到舒服的協調性，但和她的個性無關，不，正因為她的個性這麼敏感，所以才容易產生壓力進而發作。她和陌生人見面必須格外謹慎。

我第一次和陽見面時，江藤先生的神經繃得很緊。在江藤先生之前也有好幾位前任管家，最後才終於找到他。

「我沒問題。」陽一臉柔和，「我想要見一見對你來說很重要的人。」

她很努力。

這種努力可能是自卑帶來的焦慮，但我不能對她的這種心情置之不理。

「但我爸有點不拘小節，剛開始可能還好，熟了之後，尤其是喝了酒之後……」

「仁哥，你討厭你的父母嗎？」

「不……」

「你喜歡他們嗎？」

她坦率地問我，我移開視線回答：

「是啊……」

「既然這樣，那一定沒問題。」

陽又重複了這句話。

5

神奈川縣的真鶴町是位於小田原和熱海之間半島上的港城。

「基本上，除了大海以外，什麼都沒有。」

我在開車時對陽說。

從東名高速公路沿著海岸開了一個小時左右，駛入了當地的收費道路真鶴道上。

「這裡已經算是真鶴了嗎？」

「對啊。」

車子進入隧道。

「過了隧道之後，妳那裡的車窗外就可以看到一片大海……」

我們穿越了隧道。

「但現在是晚上。」

副駕駛座旁的車窗外什麼都看不到，簡直以為車窗貼上了黑膜。夜晚的大海很黑，和天空融為一體，形成一片黑暗。

「有點可怕。」

陽開心地嘀咕，但白天的大海很漂亮，她無法看到這片美景有點可惜。

「太可惜了。」

陽說出了我的想法，我有點驚訝。

「因為我很久沒有看大海了。」

陽這麼說，我不敢隨便附和，所以沒有吭氣。陽似乎察覺了我的想法，用開朗的語氣掩飾說：

「小時候，我們全家每年都會去海邊，雖然不太記得了，只記得好像很開心。」

「好像？」

「嗯嗯，好像。」

我們對以前的事，的確往往只記得當時的心情。

「啊，當時我的腳受了傷。」

「受傷？」

「被沙灘上的玻璃割到了……」

「哇，聽起來就很痛。」

「是啊，但其實還好。嗯。」

快到老家了，那是我從小熟悉的景色。

這時，我突然陷入感慨。

小時候坐爸爸的車子，學生時騎腳踏車，曾經經過這條路無數次。

此刻，我載著即將成為我妻子的人行駛在這條路上。

港城的夜晚結束得很早，九點之前，就已經像深夜般靜悄悄。

雖然是海邊，但這裡聞不到海水的味道，只有偶爾聽到嘩嘩的海浪聲。

「有浴室的味道。」

陽呵呵笑了起來。這裡雖然聞不到海水的味道，卻飄來了鄰居家用的沐浴乳香味。

和都市相比，這裡的路很暗，只有自動販賣機和電話靠自身的燈光，像舞台裝置一樣出現在那裡。

漁網放在門口。

沿著有一排房子的緩和坡道往上走，發現多了顯示這裡海拔十公尺的牌子，柏柚路上也多了海嘯發生時避難路線的標識。

我的老家就在前方。

就是那棟陽台和鐵欄杆都很有昭和味道的房子。

白色日光燈照亮了階梯前的大門。

我猶豫一下，按了大門旁的對講機。相隔四年回到老家，按門鈴似乎是理所當然的行為，這種距離感有一種長大的感覺，讓我感到心癢癢的。

沒有反應。

我和陽互看一眼，自己開了門。

「小心階梯。」

我叮嚀了一聲，走上有點陡的石階。

我轉動門把一拉，門沒鎖。

熟悉的狹窄玄關，懷念的味道。我遲疑一下，叫了一聲。

「……我回來了。」

屋內深處傳來打開拉門的聲音，不一會兒，我媽轉過走廊角落出現了。

相隔四年，她並沒有老太多，穿著出門時的衣服，臉上還化了妝。

我媽立刻看向我身旁——看向陽。

陽立刻對我媽鞠躬。

「啊，不用不用。」

我媽露出在市場工作時的笑容走過來。

「請抬起頭。」

陽動作生硬地抬起頭。

「……初次見面。」

這可能是我第一次看到陽這麼緊張。

「我叫幸村陽——」

「這裡說話不方便，先進來再說。」

我媽俐落地拿下拖鞋架上的拖鞋，想要放在我們面前，沒想到掉在地上。

我發現，其實我媽也很緊張。

「還好嗎？」

走在走廊上時，我關心陽的身體狀況。

「沒問題，」她按著胸口說，「雖然心跳得很快。」

「老公，仁他們來了。」

我媽走進客廳說道。

終於要見父母了。我緊張地走進客廳。

坐在矮桌內側的爸爸染了一頭棕色頭髮，超不適合他，簡直令人絕望。

「年輕理髮師慫恿他。」

我媽苦笑著說。

除此以外，爸爸並沒有太大的改變。兩道又粗又短的眉毛，一雙小眼睛很銳利，雖然個子有點矮，但身材很結實。

「老公，你看你。」

我媽拿走了爸爸手邊的啤酒罐，走去流理台前。

「雖然我能夠理解你的心情。」

爸爸不喜歡參加正式的喜事，親戚結婚時，他總是很快就喝醉。因為他如果不喝酒，就無法承受那種緊張。

爸爸被拿走啤酒後看向陽，立刻瞪大眼睛。

「是不是很漂亮？」

我媽邊說邊走了回來。

「就是啊。」

爸爸乾咳了幾下，臉上的表情就像是害羞的小學生。我身為兒子，實在不想看到他這樣。

我們圍坐在矮桌旁，每個人面前都有一杯茶，爸爸和媽媽坐在內側，我和陽一起坐在他們對面的外側。

我之前拜託他們讓我去讀攝影專科學校時，也不曾有過這種氣氛。

因為陽的出現，讓氣氛變得緊張而又鄭重其事。我對她出現在老家的客廳這件事感到不可思議。

「她叫幸村陽。」

陽聽了我的介紹，深深鞠躬。

我的父母誠惶誠恐地向她回禮。我父母還真平易近人。

老實說，陽在這棟鄉下的老房子內太閃亮，顯得格格不入。

「我打算和她結婚。」

我這麼告訴父母。

父母聽了我這句話，立刻正襟危坐。我媽一副交給我爸處理的態度，我爸好像抛下船錨般穩住了身體的重心。這是他們在談重要事時的態度，我曾經見識過好幾次。

「陽小姐，」

陽聽到爸爸的叫聲，驚訝地看著他。

「我可以抽菸嗎？」

「喔，可以啊，請便。」

爸爸把我去修學旅行時買回來的菸灰缸拉到自己面前，拿出和之前抽的牌子不同的菸點火，然後對著側面吐了一口煙。

他緩緩地把菸灰撣在菸灰缸裡，然後問：

「妳和仁是怎麼認識的？」

陽眨了眨眼睛，低頭似乎在思考要怎麼表達。

「……你們可能已經聽仁哥說了，我當時因為生病的關係，整天都在家裡不出門。」她說明了當天的情況。

「我拉開窗簾，想要看窗外時，看到仁哥站在那裡，對著我舉起了相機。雖然我一開始不知道是怎麼回事，但隨即知道他拍了我，我覺得很害羞……然後他說希望我同意公開被拍到的那張照片，於是那張照片就交到我的手上。」

陽低著頭，臉上露出笑容。

「我當時怦然心動。因為他把我拍得很美，我立刻有了心動的感覺，而且很高興……我很想要那張照片，於是就請他進來我家，想請他把照片送給我。」

「啊？有這回事？」

我第一次聽說。

「……但直到今天，我都無法開口。」

「為什麼？」

「因為很害羞啊……每次都想，下次再說，結果……」

我完全不知道。

然後，陽又說明了至今為止，我們之間在各個階段發生的事。

我向來認為，要向別人傳達自己經歷過的事很困難。因為無論多麼有趣，當時有多麼感動，在告訴別人時，就會漏掉很多部分，結果內容就變得乏善可陳，連自己也覺得：「啊？就這樣而已？」

但陽說故事能力超強。

我帶蛋糕給她驚喜的那一次、在拍攝時，和她一起在走廊上旋轉、在戰場原看星星時，以及在放煙火時向她求婚……

她結合了當時的心情，靜靜地，但感情豐富地說完這些。

我媽的眼神慢慢發生變化。

我爸也不再抽菸。

陽倒吸了一口氣說：

「對不起，都是我一個人在說話。」

「沒事沒事。」

我媽說，語氣中帶著聽完動聽故事後的溫柔和緩。

「不過，」我爸向後方伸著後背說，「妳看起來完全不像生病。」

「老公！」

我媽小聲責備。

「幸好目前身體狀況良好的時期比較長……」

陽一臉歉意地撇著嘴。

「一旦進入不好的時期，身體就會懶洋洋，完全無法動彈，而且也會發作，只有仁哥陪著我、夜晚的時候才能夠外出……我想這種情況會一直持續下去。」

她說得很悲觀，但我並不這麼認為。

我爸和我媽露出了凝重的表情。

「所以，生孩子——」

「喂！」

這次換我爸責備我媽。

「我，」我加強了語氣插嘴說，「即使這樣，我仍然想和她，想和陽結婚。」

久違的強烈情感令我心跳加速，臉頰發燙。

室內一陣寂靜。

「我，我也是，」陽的聲音響起，「因為我身體這樣，如果實在不行……但是，我會努力，請讓我有機會努力。」

她鞠了躬，一頭黑髮晃動著。

我也立刻跟著鞠躬。

我注視著榻榻米的接縫處，感受著爸媽的不知所措。

「呃……」爸爸沙啞的聲音有點手足無措，「好。」

坐在旁邊的媽媽噗哧一聲笑了出來。

「他說好。」

爸爸尷尬地抓抓頭，然後對著陽鞠躬說：

「仁就請妳多照顧了。」

媽媽也跟著鞠躬。

雖然這一幕並不像電視劇中那樣有完美的分鏡，而是出現在拖拖拉拉的過程中，但仍然可以感受到明確的分界線，我忍不住激動不已。

我再度鞠躬，頭比父母壓得更低。

陽也跟著鞠躬。

之後，爸爸終於忍不住拿出了酒，媽媽也拿出了事先準備的菜餚，變成了四個人的小宴會。

「陽小姐，仁就拜託你了。」

爸爸面紅耳赤地說。

「他是我引以為傲的兒子。」

他一臉陶醉地喝著燒酒。

「他小時候就喜歡拍照，說以後要當攝影師，現在已經在攝影界站穩腳跟，實現了小時候的夢想。」

爸爸發燙的聲音充滿父愛。我看到了他喝醉酒時，太陽穴都會爆出的青筋。

「他是我引以為傲的兒子。」

「是。」

陽用帶著哭腔的聲音回答。

我媽一臉若無其事的表情，忙碌地移動著盤子。

我一直低著頭。

6

「你的父母太棒了。」

陽帶著微微的醉意，在副駕駛座上說了好幾次這句話。

目前接近凌晨兩點。高速公路上沒什麼車，開車很舒服。

「而且我第一次聽到你自稱『俺』。」

陽心情格外愉快。

因為我要開車，她代替我喝了不少酒，但陽對海鮮的美味感動不已，我爸媽也很開心，聊了很多我小時候的事，自始至終都很開心，氣氛祥和溫馨。

按照目前的情況，也許事情比想像中更簡單。

我內心越來越樂觀。

也許安排她和加瀨、花木見面，逐漸拓展她的人際圈，可以淡化她的疾病。

之後——

「仁哥，你長得像你爸爸，但也有你媽媽的影子，讓我覺得你果然是他們兩個人的孩子。」

之後——和她的家人見面或許也不是夢。

我知道過去曾經發生過很多事。

但既然我們要結婚，我希望能夠見一見她的家人。

我抱著希望，也許這可以成為良好的契機。

「陽，」

「嗯？」

「接下來要不要去見一見妳的家人？」

陽的變化很寧靜，卻很劇烈，就像白天在瞬間變成了黑夜。

緊張的沉默。

這是陽最討厭的氣氛，如果是平時，她會馬上化解這種氣氛，但今天完全沒有這種動靜。

那是幾乎可以用手觸摸到的、明確的拒絕空氣。

高速公路的標識從車窗外飛向後方。

「陽，」我在無奈之下，又追問道：「不行嗎？」

陽低下頭，代替了點頭。

「為什麼？」

我又追問了一次，「雖然我不太清楚你們之間到底發生了什麼，但很久之前，妳不是曾經和我提到妳妹妹嗎？當時我覺得妳並不討厭她……所以，如果可以，妳不是也很想見一見妳的家人嗎？」

我覺得自己走進了地雷區。

車內的壓迫感證明我的感覺無誤，但我無能為力。

「……他們要我讓他們自由。」

她的聲音像冰塊在拖行。

我握著方向盤，看了她一眼。她看著窗外，我看不到她的表情。

「我媽對我說的，要我讓他們自由。」

飛馳而過的路燈燈光將儀表板和陽的後背染成了焦糖色，陰影急速交錯。

「隨著我的病情越來越嚴重，我們家也漸漸崩潰。」

陽訴說著我所不知道的過去。

「我爸媽不願承認我有異常，不願承認我無法過正常的生活，無論對學校還是其他地方，都想要按照他們的要求處理，結果就碰了壁，受了傷，無論父母和我都精疲力盡，於是就發生爭吵……我會罵人、摔東西。」

「……」

我無法想像她會這樣。

「那時候我比現在更神經質，更加失控，也會頻繁發作，幾乎家裡每天都會有小型炸彈爆炸。最後，我……只要看到父母的臉就會發病。」

她說得有點事不關己。

「所以，我無法踏出自己的房門一步。」

一輛款式老舊的進口車以驚人的速度從超車車道駛過。

「為什麼這種事會發生在我身上？為什麼我會生這種病，受這種罪？我哭著思考這個問題。一定是因為父母的關係。聽說他們在結婚時曾經吵得很凶，也因為這個關係和家人疏遠了。一定是因為這個原因，所以懲罰落在我的頭上……」

「那——」

「我知道，」陽打斷了我，「我當然知道……」

陽第一次說話這麼咄咄逼人。

眼前的寂靜就像是用針在扎皮膚，如果繼續持續一個多小時……

「妳媽對妳說，要妳讓他們自由，對不對？」我覺得應該聽她說完，「這是怎麼回事？」

陽停頓了一下說：

「我覺得我被關了起來。我不想和家人在一起，卻又無法離開家裡。這種壓力又引起發作。我想出去，卻又出不去，簡直就是地獄。」

但其實並不是這樣。

「……那天早上，我覺得家裡的動靜和平時不一樣。因為太安靜了……突然有人敲門，一個陌生男人交給我一封信，說是我媽交給他的。那封信上寫著，我的家人離開了這個家，同時向我道歉，還有『希望妳讓我們自由』……」

即使我不用轉頭，也知道陽仰起頭。

「原來並不是只有我被關在家裡，我也把家人關了起來。回想起來，他們無法去旅行，因為無法丟下我不管。我把家裡變成了不自由、無法放鬆的地方。」

我不知道該對她說什麼。

這時，車內的空氣就像被刀子刺中般扭曲起來。

陽發作了。

「陽！」

關節炎的劇痛讓她全身僵硬，她的呼吸也越來越急促。

我慌忙打開雙黃燈，把車子停在路肩，撥打了119。
我在等待救護車時確信一件事。
家人。
陽的病和家人有很大的關係。
如果不解決這個問題，就不可能治好她的病。

7

簡直就像是白色的城堡。

陽的家人所住的新居周圍是高牆，如果不走進看起來堅固的大門，就無法看到裡面的房子。

我拜託江藤先生聯絡陽的父母。我說想和他們見面打招呼，沒想到他們立刻同意了。

中年女傭為我打開門，讓我進了屋。

我跟著女傭走進屋時，發現一件事。

這棟房子和內部裝潢都和之前那棟房子完全不一樣，可以感受到刻意這麼做的意志。

「須和先生來了。」

女傭在看起來像是客廳的門前說完後，停頓一下，打開了門。

我緊張地走進陽的父母等待的房間。

並排坐在沙發上的兩人看了過來。

乍看之下，覺得陽長得不像他們任何一個人。

「請坐。」

陽的父親指著他對面的沙發對我說。

他一雙單眼皮的大眼睛令人印象深刻，五官看起來就像是名門之後。

「打擾了。」

我打了一聲招呼後坐下。

他們看起來都比實際年齡更年輕，散發出在上流社會的交際中磨練出來的氣質和風格。

「幸會，我叫須和仁。」

我鞠了一躬。

「幸會。」

陽的父親回答後，他們夫妻兩人一起緩緩點頭。淡淡的高級香水味飄了過來。

「大致的情況，我都聽江藤說了。」

「是。」

我注視著他們的眼睛，再次向他們報告。

「我打算和陽結婚。」

他們的表情沒有任何變化，我無法解讀他們的反應。

這時，聽到了輕輕的敲門聲，茶送了上來。

傭人把茶放在桌上時，陷入一陣沉默。傭人離開後，陽的母親才開了口。

「須和先生，」

其實我從剛才就很驚訝。因為她和我認識的人長得一模一樣。不僅是我，目前有幾十萬人都認識那個女生。

她就是模特兒咲坂日菜。

雖然仔細觀察，就可以發現和陽之間的基因連結，但兩個人無法比較。

「我可以請教一個問題嗎？」

「請問是什麼問題？」

「你為什麼想和陽結婚？」

我用眼神詢問這個問題的意圖。

「你不是知道她生病了嗎？她是很難共同生活的對象。」

雖然當事人沒有察覺，但最後那句話中充滿了曾經親身經歷的沉重。

「聽說你們從前年開始交往，你是不是只憑交往的感覺在思考結婚的問題？你有沒有認真想像過你們日後的生活？」

她像記者一樣接連發問。

「我有認真思考，也認為自己充分瞭解。」

我全力反駁。

「至今為止，曾經發生過很多事。而且她也來我家，曾經……過夜好幾次，所以——」

「陽去你家過夜？」陽的母親驚訝地問，「去你家……她出去……出去外面了嗎？」

江藤先生沒有告訴他們嗎？

「對。」

我用力回答，他們兩個人都感到驚訝。

「雖然必須是晚上，而且必須坐我的車，但她之前就已經可以出門了。」

可惜的是，我必須用過去式來談這件事。

他們也察覺到其中的微妙。

「但是，不久之前……她在車上發作，之後就不行了。」

那天的發作雖然並不嚴重，但代價很沉重。陽無法再坐我的車子，而且目前又恢復了足不出戶的生活。

「但是，我現在知道，陽的疾病並非不治之症，純粹是心理的問題，只要解決她的心理問題，就可以治好。」

他們的表情頓時開朗起來，好像在意想不到的地方發現了光明。

我因此瞭解到，他們並不討厭陽。如果可以治好，他們也希望陽可以痊癒。

他們一定願意協助。

我信心大增，提出了要求。

「可不可以告訴我你們和陽之間曾經發生的事？」

我要查明疾病的原因。

「我一直觀察她之後發現，陽的疾病應該和家人有密切的關係，至少我確信是這樣，所以，只要能夠瞭解是什麼原因，一定……」

我說到這裡，終於——發現氣氛和剛才完全不一樣了。

「……沒有任何事。」

陽的父親的聲音帶著憤怒的黑暗，瀰漫在明亮協調的客廳中，讓我的心跳頓時加速。

那雙單眼皮的眼睛帶著明顯敵意看著我。

「須和先生，你該不會有這種想像？認為我們虐待了陽，或是因為家庭問題，導致她受到了極大的傷害？」

「——我不是這個意思。」

我的心頭一震。

沒錯。我的確懷疑可能是這方面的問題。

「完全沒有這方面的事。」

他怒氣沖沖，一臉掃興。

「陽生了病，我們做了力所能及的事，也忍耐了很長時間。最後……認為和她分開生活是最好的方法，於是就這麼做了。」

陽的母親坐在他旁邊，垂下雙眼，渾身繃緊。他露出關心的眼神看了陽的母親一眼。

然後，再度看著我，冷冷地說：

「如果你想審判，那就隨你。」

「我說啊。」

當我走出客廳，準備走去玄關時，身後傳來一個聲音。

回頭一看，和她母親宛如一個模子刻出來的知名模特兒站在那裡。

咲坂日菜。

她和陽姓氏不同，應該是她的藝名。她靠在牆上，雙手插在時下流行的大衣口袋裡瞪著我的樣子很有型，可以直接為她拍照。

傭人看到她使眼色後快步離開了。

「……」

我立刻知道，眼前的狀況不適合對她說「好久不見」。

她嚴厲的眼神中包含了各種意思。她剛才聽到了我和她父母說的話，以及因此對我產生的敵意。

於是，我默默等待她的下文，她用低沉的聲音開了口。

「不要和她結婚。」

她說了讓我意想不到的話。

「……為什麼？」

我反問道，她面不改色地說：

「因為我無法原諒她得到絲毫的幸福。」

黑暗的憎惡。此刻在我眼前的並不是那個我和世人熟悉的她。

「你不知道她曾經多麼折磨我們……」

我可以感受到正因為是親人，所以才會毫不掩飾的這種憎惡，這種決絕，那是經過日積月累，緊緊凝固的情感。

我當然有話可說。

但我相信無法打動她。

「對不起，」所以我只是拒絕了她，「我會和陽結婚。」

她有點驚訝地瞪大了眼，內心似乎有點慌亂，但立刻嘲笑說：

「不可能，你們不可能持久，因為她早晚會在心裡對你打×。」

衝突的意見變成混濁的空氣，緩緩對流後下沉。

談話結束了。

我這麼認為，轉身想要離開。

「——你走紅了。」

就在我準備離去時，她對我說。

「那次你還說是第一次接案，緊張得要命。」

我太驚訝了。

因為那是兩年前的事，而且以她之後的活躍程度，我只是她經歷的無數拍攝現場，遇過的無數工作人員之一。

「你當時為我拍的照片，是我喜歡的照片之一。」

我忍不住高興起來。

「謝謝。」

她輕輕揚了揚下巴。這次真的結束了。

我踏出一步……然後停下來。

我打開皮包，從裡面拿出一本作品集。

「雖然我帶來了，但剛才的氣氛不適合拿出來。」

我把作品集遞給了她。

作品集內是我至今為止，為陽拍的照片。

「這是什麼？」

「如果可以，我希望你們全家一起看……就交由妳決定。」

她露出狐疑的表情，但還是接過了。

「再見。」

我離開了幸村家。

晚上，我坐在電腦前寫工作上的電子郵件時，電話響了。
是陽打來的。
雖然我們在交往之後，她有時候會打電話來，但次數並不多。
「陽？」
『仁哥，』她的聲音聽起來比平時更加客氣，『你現在方便說話嗎？』
「嗯，怎麼了？」
陽停頓了一下，似乎在猶豫。
『你今天去見了我的家人，對嗎？』
我忍不住一驚。
因為我並沒有告訴她這件事，也叮嚀江藤先生不要告訴她。她為什麼會知道？
「……對。」
『為什麼？』
她的語氣中明顯帶著責備的語氣。
她早晚會在心裡對你打×。

我腦海中突然響起日菜說的話。

該不會是她告訴了陽？我的直覺這麼告訴我。

「……因為我想也許可以找到什麼線索，治好妳的疾病。」

我據實以告。

「我之前認為妳生病的原因，應該和家人有關係——不，現在仍然這麼覺得。」

陽陷入了緊張的沉默。

「陽，妳自己有沒有什麼頭緒？」

她的沉默很長，完全感受不到任何動靜，我甚至不知道她是不是還在電話的另一端。

『……不，完全沒有。』

「……是嗎？」

真的是這樣嗎？

我希望她可以更加認真思考。她是不是一開始就放棄了？我內心感到焦躁。

但是，我無法繼續深入追問。一旦繼續深入，我們的關係就會出現裂痕。因為我可以明確感受到界線。

界線的這一端和彼端陷入了相互探詢的沉默。然後——

『仁哥。』

「……嗯？」

『我會努力。』

我似乎看到了她揚起嘴角的樣子。

『我還會坐你的車，去你家做菜。』

「嗯……」

『你有沒有好好吃飯？』

「妳是我媽嗎？」

我忍不住嗆她，我們兩個人都輕輕笑了。

「但有點想吃妳的茶碗蒸。」

『交給我吧，我會做很滑嫩的茶碗蒸給你吃。』

薄雲籠罩的夜更深了。

8

花木獲得了木村伊兵衛獎。

那算是攝影界的芥川獎。入圍作品都是從已經出版的作品中挑選和針對新人作家這兩點，也和芥川獎一樣。

加瀨拿著紅葡萄酒杯在我身旁嘀咕。

「他果真得獎了。」

目前正在飯店的宴會廳舉行頒獎儀式，我們聽著評審在有金色屏風的講台上講評，小聲討論著。

「我之前就覺得他早晚會得這個獎。」

這是我的真實感想，但是真正完成別人覺得「他能夠做到」的事並不容易。

加瀨把手放在我的肩膀上，搖晃著說：

「只有參加世界級的比賽才能超越他了。」

「什麼意思？」

「你不想超越他嗎？」

雖然我也可以顧左右而言他，但總覺得這樣會破壞某些東西。

「……想啊。」

我沒有逃避，正面回答了這個問題。

加瀨用力拍了我的背。

評審的講評結束，我們和周圍的人一起鼓掌。

主持人介紹得獎者後，坐在角落的花木站起來，走向講台中央。他今天穿了連畢業典禮時也沒穿過的西裝。

他站在麥克風前，很不自在地鞠躬。

我抬頭目不轉睛地看著他。

花木包下了頒獎典禮會場附近的一家小型餐廳續攤。

除了我和加瀨以外，還有平時在工作上很照顧花木的工作人員、編輯等十幾個人分坐在五張桌子旁。如此周到的安排，很不像花木的作風。

「加瀨，是你幫忙安排的嗎？」

「沒有。」

「是編輯嗎？」

「不，應該不是。」加瀨露齒一笑，壓低聲音說：「應該是她。」

加瀨用眼神向我示意。花木的那一桌有一個女生。

他們年紀應該差不多，那個女生看起來不像是我們業界的人，感覺很務實。

「她剛才也在會場嗎？」

「她站在角落。」

加瀨果然機靈。

每個人面前都有了乾杯的飲料，花木起身向大家致意。

「今天感謝大家來參加。」

他說話的語氣很輕鬆。剛才在頒獎典禮時，他應該很緊張。

「得獎的感言，我剛才已經說了。謝謝大家。因為時機剛好，所以就借這個場合向大家報告一件事。」

什麼事？

包括我在內，所有人都感到納悶時，那個女生起身站在花木身旁。

「她是我高中同學，呃……」

花木摸著後腦勺，瞥了我和加瀨一眼。

「我們前天去登記了。」

「啊？」

我和加瀨同時驚叫起來。

坐在對面桌子的一個反應很快的人立刻鼓掌說：

「恭喜！」

我們也跟著鼓掌道賀。

掌聲和道賀聲在小餐廳內此起彼落。

雖然同樣是慶祝的場合，但在花木報告結婚的事之後，續攤的氣氛變得更溫馨親密。這是可以明顯感受到的變化，似乎可以感受到人類身為動物的群聚本質，或者說是共同生命體的感覺，令人不禁莞爾。

花木帶著他的新婚妻子向每一桌敬酒、談笑，大家都用手機拍了起來。我在等待時，也用手機拍了好幾張。

他們最後來到我們這一桌。

「幹嘛不早說！」

加瀨把花木的頭夾在腋下。

「因為我想說反正今天會遇到……」

「你這種個性啊！」

花木的新婚妻子一臉為難地微笑著。

加瀨發現後，鬆開了花木，向她打招呼。

「妳好，我姓加瀨，是他專科時的同學。」

「你好，我叫智子。我經常聽他聊到你，所以這位是須和先生？」

「嗯，是的。」

「我猜對了，請多指教。」

從她鞠躬的樣子，可以感受到她和我們不一樣，是很踏實的人。

一問之下才知道，智子在花木老家的市公所上班。

花木之前受邀參加老家那裡舉辦的活動時，智子剛好負責接待工作。他們在重逢之後，維持了幾年既像在交往，又不像在交往的關係。智子上個月向他攤牌，他就說「那我們結婚吧」。

「搞什麼嘛！？」

加瀨勒住了花木的脖子。

「不要鬧！」

我把他們拉開。

「他到底有什麼好？除了才華，根本一無是處啊。」

加瀨對智子說這種過分的話時，花木叫了我一聲。

「仁。」

「嗯？」

「你還記得很久之前，你給我看你女朋友照片時，我曾經說『缺了一點什麼』嗎？」

……

「你竟然還記得這件事。」

「當然記得啊。」

他對攝影方面還是毫不馬虎。

「我現在知道是什麼了。」

「啊……」

「你想知道嗎？」

我陷入了天人交戰。既想聽他說，但自尊心覺得應該自己去發現。

「嗯，我想知道。」

我現在覺得，這種自尊心可以拿去餵狗。

花木是高手，我必須虛心傾聽他的意見。

花木的眼中充滿了對攝影的真摯，把他的想法小聲告訴我。

太中肯了。

之前那些照片中，的確缺少了這一點。

9

一輛計程車停在陽的家門口。
我在不遠處踩著自己車子的剎車。
那輛計程車似乎在等人。有訪客嗎？我第一次遇到這種情況。
如果那輛計程車不開走，我的車子就無法駛入車庫。我觀察著前方，正在思考該怎麼辦時——眼前的情景讓我驚訝得快要叫出聲。
咲坂日菜從裡面出來。
她快步坐上計程車，計程車駛向大馬路。
——怎麼回事？
這時，剛才用來導航的手機響了，我嚇了一跳。是江藤先生打來的。
『須和先生，很抱歉。』
認識他這麼久，我立刻知道是什麼狀況。
「她發作了嗎？」

『對，所以……』

「陽沒事吧？」

『只是普通的發作。』

「……我知道了，謝謝你。」

我掛上電話，在後視鏡中看到後方有車子。這裡是單行道，所以我只好開走……從陽的家門口經過。

即將駛到大馬路時，我才後悔剛才在電話中忘了問關於咲坂日菜的事。

陽的發作一定和她妹妹上門有關。

到底發生了什麼事？

不祥的預感在內心擴散。

隔天，收到了陽傳來的訊息。

她為昨天的事道歉，同時問我今晚可不可以見面。

其實我有工作要做，但還是以和她見面為優先。因為我很在意昨天的事。

陽比平時更用心準備了晚餐，全都是我愛吃的菜。我忍不住思考，今天是不是什麼紀念日，但還是想不起來。

「……今天是什麼日子嗎？」

「沒有啊。」

陽吃著茶碗蒸，呵呵笑了起來。

「你剛才一直在想這個問題嗎？」

她看起來和平時沒什麼不一樣。

所以我隻字不提昨天的事，專心品嚐她的手藝。

我們一起收拾。我負責洗碗，她負責把碗盤擦乾。

「花木的頒獎儀式怎麼樣？」

「他宣布說他結婚了。」

「啊？」

「他在續攤時，突然介紹了新婚妻子，說『我們前天去登記了』。」

「啊？」

「我事先完全不知情，加瀨也問他為什麼不早說，他竟然回答說『反正今天會見面』。」

「很像是花木的作風？」

「對，喔，妳也越來越瞭解他了。」

「嘿嘿。」

她挺起胸膛。太可愛了。

「妳想看他的新婚妻子嗎？」

「想看！」

我關了熱水，陽為我遞上毛巾。我擦了手，操作手機。

「就是她。」

「哇，好漂亮啊。」

「她在市公所上班，很務實的人，他們是高中同學。」我在說話的同時，展示了其他照片。頒獎典禮會場熱鬧的景象、花木和智子，我和扮鬼臉的加瀨合影，還有請店員為所有人拍的合照。

陽起初興奮地發表各種意見，但我發現她漸漸不再說話。

「……這樣啊。」

陽小聲嘀咕著。我轉頭一看，發現她面帶微笑，但那並不是因為高興，而像是比賽輸了的時候露出的落寞微笑。

「即使我們繼續走下去，也無法像他們一樣。」

「……」

我並沒有放棄，但是，即使這樣……

「即使這樣，也沒有關係。」

陽搖搖頭。

「為什麼？」

我的語氣中帶著抗議。為什麼事到如今，還在說這種話。

「我們不是早就知道這些情況了嗎？即使如此，我們仍然願意接受——」

「但是，不光是結婚。」陽轉頭看著我，「以後的各種活動，婚喪喜慶的場合都一樣，你可能會因為我的關係被親戚和朋友孤立。我很瞭解，這是非常……寂寞的事。」

陽的家人在她生病之前，就和親戚斷絕來往。聽說是她的父母以前做了什麼惹怒家族的事。

「而且，如果生了孩子，會怎麼樣？」

「孩子……」

「我無法去幼兒園接孩子，也無法帶他去遊樂園或是旅行，還有運動會、教學參觀日，我全都無法出席。我會讓你和孩子，還有周遭的其他人都變得不自由，成為你們的沉重負擔。」

「陽——」

「更何況不知道我什麼時候會發作，這樣的我根本不可能照顧孩子。如果不是我，如果你不和我結婚，可以做很多事——」

「陽！」

我抓住了她的肩膀。

陽就像海綿被擠出水一樣，淚水在眼眶中打轉。

「……我沒有資格擁有家人。」

她用冰冷的聲音說。

「我會給和我一起生活的人帶來不幸。」

「……妳妹妹說的嗎？」

陽瞪大了眼睛。

「我昨天看到她離開。」

她用沉默代替肯定。

「妳不用擔心，」我握住她肩膀的手用力，堅定注視她的眼睛，「我已經做好了心理準備。」

但是……

陽露出悲傷的眼神。

好像在我的身後看到了悲傷的未來。

「即使現在是這樣……日積月累之後，你的心意可能會改變。這是我最害怕的事——」

「我不會。」

「不是有可能會發生嗎？」

我感到生氣。

並不是火冒三丈這類的衝動，而是內心深處亮起一盞小燈。我覺得這是否定我們至今為止的一切，以及我對她的感情。

「……妳為什麼無法相信？」

我壓抑著怒氣問道，陽的淚水撲簌簌地流下來。

我感到很煩。

我無法克制覺得她很難搞的情感在不知不覺中寫在了臉上。陽的眼神似乎捕捉到了。

我放在她肩膀上的手稍微鬆開了。

「……因為你很重要。」陽再度用壓抑的聲音說話，「因為你比任何一切更重要，一旦失去，我就再也無法站起來了。我當然會有這種想法啊，與其這樣，還不如先覺得會有這樣的結果反而比較輕鬆，我、我的人生……」

我正想開口說什麼，陽靜靜地……後退。

然後她走過我身旁，走出飯廳。我聽到她上樓的輕微腳步聲。她應該回自己房間了。

我愣在原地，猶豫一下，洗完了剩下的碗。

流水聲更凸顯了空間的寬敞和寧靜。我再度體會到，陽每天都在這裡度過漫漫長夜。

今天還是回家吧。

洗好碗，我走去玄關。看到了樓梯。

樓梯通往陽的房間。

「……」

我走上樓梯。因為我覺得在目前的狀況下不能不告而別。

經過二樓有窗戶的走廊，敲了敲她的房門。

「陽。」

我叫了一聲，緩緩打開她的房門。

陽可能趴睡在床上，她扭著身體面對著我。目前的狀況至少比她不理我好多了。我暗自鬆了一口氣，走進房間。

就在那個剎那。

陽的臉上出現了一片深紅色的疹子。

我整個人僵住了，愣在那裡。

陽看到我的反應，露出了驚訝的眼神——然後就發作了。

那是她對我打×的瞬間。

愛的致意

1

聖誕節已過的年底某天傍晚，接到了我媽的電話。

她一直問我最近是不是很忙，然後開始閒聊。

她平時不會沒事打電話給我，雖然她沒有問，但我猜想她想瞭解結婚的進度。

我不可能不告訴她。

我帶著沉重的心情告訴她：

「聽我說……結婚可能要稍微緩一緩。」

我媽停頓了一秒。

「她生病了嗎？」

她問得很簡短。

為了避免她擔心，我盡可能用自然而輕鬆的語氣說：

「是啊，最近狀況不太好，我想應該只是暫時的。」

「這樣啊。」

我媽的聲音突然開朗起來——

「話說回來，結婚前的確會有很多狀況。」

她難得這麼健談。

「想當年，我也為了結婚的事焦頭爛額，因為家人都強烈反對。」

「……是這樣啊？」

「對啊，你外公外婆似乎從朋友那裡得知，當漁夫的老婆有多辛苦，所以他們兩個人，還有你舅舅都勸我不要嫁。」

在我這個兒子眼中，她真的很辛苦。

她每天和我爸兩人天還沒亮就起床，在我爸出門後，為我煮飯，等船回來之後，又要幫忙我爸出貨，然後就去市場。回來之後又要做家事……我很佩服她能夠堅持這種生活。

「但妳還是堅持嫁給爸爸……是因為喜歡他嗎？」

「那時候太年輕，太傻太天真了。你別看你爸現在這樣，年輕時可是相貌堂堂，而且他在海邊向我搭訕，我才會認識他。」

「真的假的？」

「我和朋友來真鶴玩，他就用船來追求我。傍晚的時候出海去釣魚，然後當場殺魚，做了生魚片和味噌湯，然後當美麗的夕陽沉入海平面時，他對我說『和我交往吧』。真是的，我根本沒辦法抗拒。』

「老爸還真高招。」

「是不是很高招？」

當時的味噌湯真的很好喝。我媽用充滿懷念的溫度嘀咕。

「……我完全不知道這些故事。」

「因為沒機會說——我們剛才在聊什麼？」

我媽害羞地改變了話題。

「說外公外婆反對妳嫁給爸爸。」

「對，對。」

「但真的很辛苦，不是嗎？」

「是啊。」

「妳有沒有後悔？」

「後悔死了。」

她哈哈大笑起來。

「只是一開始啦，反正就老夫老妻嘛。」

我覺得我媽的語氣，似乎表示嫁給我爸之後，也有好事發生。

掛上電話後，收到了江藤先生的電子郵件。

『正秀先生說，希望再和你見一次面。不知道你方便嗎？』

正秀是陽的爸爸。

2

「請坐。」

正秀先生和上次一樣，請我坐在他對面的沙發上。

陽的父母表情很平靜，但室內的氣氛仍然很緊張，只不過似乎並沒有受到上次不歡而散的影響。

他們為什麼找我來？我帶著警戒的心情坐下。

我一坐下，立刻發現了放在正秀先生旁邊的東西。

那是我之前交給日菜的作品集，裡面全都是陽的照片。

他似乎察覺了我的視線，拿起作品集放在茶几上。

「我看過了。」

我仔細地解讀他的表情。剛才沒有察覺，但此刻發現他的表情比上次——柔和許多。

「這是……」陽的母親——千晶太太問我，「這是你……第一次遇到陽之後，一直到目前為止的照片，對嗎？」

「是的。」

她聽了我的回答，露出母親的微笑。

「陽真的很喜歡你。」

她注視著茶几上的作品集，眼睛周圍的陰影突然更深了。

「我從來沒有看過……她這麼幸福的表情……」

她淚珠盈眶。

她看起來很高興，似乎想到了身在遠方的女兒感到安心。

「太好了……」

她的丈夫也露出同樣的眼神，把手放在她的背上扶著她。我緊抿著嘴唇，感受著他們夫妻心靈交流的溫度和濕度。

「請問你為什麼……」千晶太太注視著我，「你為什麼會選擇陽？」

為什麼呢？

這個問題無法用三言兩語回答清楚。

「……我喜歡她的笑容。」

我暫時只能說出這麼簡單的答案。

「她的下巴和臉頰的線條很俐落，卻有一種軟綿綿的感覺，那是任何人都會愛上的笑容……當她發現自己露出愁容時，就會立刻揚起嘴角展露笑容，我很喜歡她的這種貼心。」

還有……

「她會為一些根本不需要煩惱的事煩惱，說一些不需要說出口的話。她剛成為我的模特兒時對我說，雖然很高興對我有幫助，不過討厭自己覺得照片上的自己很可愛，但又很欣賞瞭解這一點的自己。她很認真地為一些傷腦筋的問題煩惱，把自己搞得很慌亂……」

啊，原來是這樣。

『我很難搞吧？』

『嗯。』

『你好過分。』

也許是那個時候。

只是些微的心動，只是剎那的契機。

然後就按下了開關，開始轉動。

「雖然我說不清楚……但差不多就是這樣。」

千晶太太……一臉複雜的表情僵在那裡。

「她以前不是這樣的孩子。」她的笑容很哀傷，「她以前很活潑調皮，在家裡會模仿假面超人，也會和男生一起跑來跑去。」

啊？我把這個聲音吞了下去。太意外了。

「是啊，」正秀先生也一臉懷念地點頭，「有一次去海邊，她割傷了腳。」

「沒錯，沒錯。」

「她說還不想回家，然後就開始亂跑，結果踩到了碎玻璃……」

「流了很多血。」

「她哇哇大哭，在醫療站請人幫她用繃帶包起來，去附近的醫院時也一直哭。」

「你不是讓她坐在你肩上嗎？」

「對……剛好看到燈塔，所以就說是人體燈塔……她聽了樂壞了。」

「她馬上就不哭了，興奮得不得了……那時候日菜還沒有出生。」

「是啊……」

他們露出了深有感慨的微笑。

那是一種好像聽著海浪輕輕拍打的溫柔。這份溫柔籠罩他們，他們懷念著已經逝去的和女兒共處時光。

不知道為什麼……我看著他們，竟然有點想哭。

即使看電視或是電影，對親子關係或是感人的片子向來都無動於衷，但沒想到我的感覺也發生改變。

「請問……」

我想要向他們請教一個問題。

「請問你們當初結婚的契機是什麼？」

他們一臉錯愕地看著我。

我抓了抓頭說：

「最近我聽我媽說了他們當年的事……我才發現，原來我們對父母的人生一無所知，不知道他們怎樣一路走到今天，怎麼認識，怎麼結婚的。我聽了之後覺得……很棒，不知道要怎麼說。」

我思考著該如何表達。

「我覺得很高興……覺得自己的根很牢固紮實，也比在聽父母的故事之前更愛他們。所以……我希望也能夠把你們的故事說給陽聽。」

他們目不轉睛地看著我。

陽的父親和母親的兩雙眼眸滿是隨時都會流下來的淚水。

「須和先生，」千晶太太的聲音很柔和，帶著一絲尊敬，「你很愛陽，對嗎？」

這句在那個日常的空間很少聽到的話，以和夕陽映照下的灰塵在房間內堆積相同的速度，滲進了這個房間。

我就像陽一樣，揚起了緊抿嘴唇的嘴角說：

「對，我愛她。」

＊＊＊

『妳不配有家人。』

妹妹的叫聲在幸村陽的腦海中迴盪了好幾天。

妹妹突然上門。她變得很漂亮，整個人都在發光，和媽媽長得一模一樣，簡直和最後一次見到她時無法相比。

『妳光有我們還不夠嗎？還想要害其他人嗎？』

她的眼妝很漂亮，雙眼燃燒著怒火。那是憎恨和輕蔑，同時也是青春期特有的義憤。

『和妳在一起就會不幸！妳不要扯別人人生的後腿！！』

——沒錯。

妹妹說得對。

陽好像白色的灰一樣，癱在黑暗的房間內。

她的淚水已乾，悲傷也已經燒盡，只有不時吹來的風好像讓死灰再度復燃，她的心潮再度起伏。

就像以前看到家人會發作一樣，這次竟然面對仁也會發作。這件事讓她受到無比的打擊，也感到幻滅。

她躺在隔絕所有光線的床上，分不清白天和黑夜，身體的界線好像融入了黑暗中，輪廓漸漸模糊起來。雖然很希望自己就這樣消失，但自己不可能就這樣消失這件事令她失望——這種想法和之前宛如地獄般的日子一樣，那些想法又重新回到了她的腦海中。

但是，這樣就好。

自己就這樣了。

他應該有更適合他的人。

他應該有可以共享幸福的人，有未來——

這時，一陣風吹進心裡，和他共度兩年的記憶帶著微微燃燒的熱氣，在內心起伏。

那些回憶多麼快樂，多麼令人心動，又多麼閃亮。

原本以為淚水已乾，但身體深處還殘留了淚水。

但是，最後浮現在她眼前的回憶，是他看到自己發作時驚恐和悲傷的眼神。

「——嗚哇。」

她忍不住叫了起來，在床上彎起身體。

那一剎那，他應該放棄了自己。

他一定對這樣的自己感到失望、厭惡。

她像胎兒一樣縮成一團……沉浸在悲傷嘆息中的身心都僵硬了。

那是否定的感覺。

真的是這樣嗎？

……不。

她覺得不是。

不。

絕對不是。

雖然好像是這樣，但他絕對不是那種人。

和他共度的時間，彼此的交談，和一起經歷的事，還有他的表情、動作和感覺，漸漸在自己內心形成了不可動搖的東西。

為什麼？

在她瞭解的瞬間，內心深處的風景動了起來。就像是融化的雪突然滑動，雖然微小，卻是巨大的動靜。

我可以見他。

即使見到他，我也不會再發作。

為什麼？

只差一點，就可以找到驚人的答案，找到改變自己的重要答案。

她掀開被子。

她坐立難安，於是下了床。

該怎麼辦？現在要做什麼？先去廁所，等一下可能去吃點東西。

這時，她聽到了輕輕的敲門聲。

她敏感地轉過頭，立刻知道是江藤。

「是。」幾天沒有說話的喉嚨有點卡，她繼續問江藤：「什麼事？」

「有包裹，我放在門口。」

江藤走開了。自從上次和仁的那件事之後，就要求他保持距離。

她等了一會兒，才走向房門，打開看看。

走廊上放了一個小紙箱包裹。

包裹上有一張白色便條紙。

『須和先生寄來的。　江藤』

一看寄貨單，上面的確是他的字，寫著讓她感到格外懷念的地址、姓名……品名欄內寫著『照片』。

陽走回房間，打開紙箱。

裡面是一本薄薄的相簿，還有隨身碟和一張信紙。

『陽：

我想讓妳看一樣東西，所以寄給妳。
首先把隨身碟裡的照片放在牆壁上，
就像我第一次見到妳的時候那樣。』

陽按照他的指示，打開筆電，打開隨身碟中的照片。

牆上出現了滿滿的舊照片。

那是父母年輕時的照片。

有小時候和學生時代的照片，大部分都是第一次看到。

「……」

她在驚訝的同時，拿起紙箱內的相簿，然後翻開了。

對開的相簿中，兩側分別是照片和文字。

那是牆上的其中一張照片。看起來像是大學聯誼的會場內，爸爸和媽媽坐在一起。

『他們在大學時相識。
第一次看到對方時，雙方就對彼此有了好感。
在聯誼時，他們都希望可以坐在一起，最後終於如願了。
他們說，當時覺得是命運的安排。』

「……」
自己完全不知道這些事。
不僅不知道，甚至根本沒有想過，自己的父母也曾經有過這樣的時期。

『其實我們都很不瞭解父母。
我也是最近才知道父母的事，覺得真的太不瞭解他們了。』
他的文字說出了自己的想法。
她又翻到下一頁。

那可能是在約會時拍的照片。在主題樂園內，兩個人都戴著卡通造型髮箍，一臉開心的樣子。

『他們開始交往。

他們交往很順利，但是，在考慮到將來時，面對了分手的危機。』

她感到胸口發悶，繼續翻向下一頁。

『妳爸爸的家裡已經為他安排了結婚對象。豪門都會要求門當戶對，至少會要求「這種範圍的對象」。

妳媽媽以前就有一個夢想，她想要當記者。』

她受到很大的衝擊。

她看向牆壁，看到了媽媽高中時穿著制服，參加新聞社活動的照片，以及在大學圖書館看報導攝影集的照片。

那是媽媽的青春和人生，是身為女兒的自己所不瞭解的。

『他們在溝通之後分手了。』

她忍不住一驚。雖然已經知道了結果。

『但在分手之後，才發現太愛對方，難以接受分手的結果，最後他們做好了最壞的打算，決定在一起。

妳爸爸四處低頭拜託，堅持自己的選擇，結果就被家人斷絕關係。妳媽媽最後也放棄夢想。他們接受所有一切，選擇在一起。』

陽又翻了一頁。

『然後，

陽，他們生下了妳。』

年輕的父母抱著剛出生不久的自己。

為什麼？

爸爸和媽媽怎樣結婚？怎樣生下了自己？怎樣抱著自己？只有簡短的文章和照片的事實，為什麼可以這麼打動、震撼自己？

『陽。妳的父母深深相愛後結了婚，妳是他們相愛的結晶。』

淚水在不知不覺中流了下來，帶著鹹味的淚水濕了臉龐。她突然想起來了。

去海邊的時候。

小時候，她在沙灘上跑來跑去，說還不想回家，結果踩到玻璃，腳被割傷了。

傷口流了很多血。她很害怕，很擔心會死掉，於是就哇哇大哭起來。

爸爸難得讓她坐在自己的肩膀上。

『陽，妳看，有燈塔。』

她一下子變高了，比那裡的燈塔更高，忍不住興奮地叫著：「燈塔！」然後用力向上伸出雙手，像飛機一樣張開。

爸爸的肩膀就像山一樣。

慢慢晃動的感覺既舒服又安心。

媽媽和他們一起笑著，不時露出關愛的眼神，確認繃帶有沒有鬆脫。

在她發作陷入痛苦時，媽媽總是陪伴在身旁。

媽媽哭著緊緊抱著她說：對不起，沒有把妳生得健健康康。

牆上映照出許許多多的回憶。那是以前自己和家人共度的日子。

為什麼？

為什麼之前都忘記了？

只記得一些不愉快的記憶，完全看不到之前曾經擁有的幸福。

照片的光將她睫毛上的水滴變成了小小的彩虹色。

媽媽挺著大肚子。肚子裡是妹妹。

體弱多病的日菜發燒躺在床上，媽媽剝了麝香葡萄給她吃。

陽靜靜地……閉上了眼睛。

——原來是這樣。

淚水又緩緩滑落。

那就像在陽光的照射下，漸漸融化的積雪。陽光照亮了自己內心所有的真相。

——原來是這樣……

自己為什麼會生病？

怎樣才能治好自己的病？

她終於告別了漫長的冬季。

陽拿起電話。

「仁哥！」

她想馬上把這件事告訴他。

「我的病可以治好。」

他大吃一驚。

「我終於知道了。我看了你寄給我的照片，終於知道我缺少什麼，我需要什麼。」

她有太多話想要說，好像都塞在喉嚨深處。她費力地決定了先後順序，讓這些話語隨著聲音說出口。

「我內心覺得，即使再和你見面，也絕對不會發作。於是我就思考為什麼，我想應該是我和你之間累積了情感──不，不是這樣。」

她搖了搖頭，低頭閉上眼睛，好像在等心情沉澱，然後讓內心的情感傾瀉而出。

「因為我愛你。」

她用一瞬就是永恆的光速傳遞給他。

她相信他接收到了。

「因為我愛你，因為我相信你，所以不會有問題。我對你有這樣的信心，但對家人……我、因為那時候還小……」

當她快要說不下去時，他輕輕「嗯」了一聲，似乎輕輕推了她一把。

「當時我不瞭解那些事的價值，就這樣視而不見，只記得不愉快的事……」

真是太幼稚了。

「我從來不曾好好愛過任何人，也從來沒有發自內心相信過任何人，所以一直覺得一旦做了什麼就完了，陷入沮喪，整天提心吊膽，於是開始發病，然後我就自我封閉……」

真是太醜陋了。

但是，那已經是──過去的自己。

『陽。』

「是。」

『妳愛妳的家人嗎？』

「是。」

『是嗎？』

她似乎看到了他的微笑。

『陽。』

「是。」

這句話聽起來就像是在正式的場合打招呼。

『我愛妳。』

陽雙眼發亮地回答：

「我也愛你。」

＊＊＊

幸村日菜明確記得從什麼時候開始討厭姊姊。

那是某年冬天，去參加親戚聚集的派對。

之前，親戚從來不曾邀請他們去參加這種聚會，日菜為終於能夠見到親戚感到高興，從一個月前就開始興奮期待。

爸爸和媽媽結婚之後，似乎也是第一次受到邀請，所以他們雖然緊張，但也很振奮。

最重要的是，難得可以和爸爸、媽媽一起出門。

日菜漸漸成長後，明確認識到一件事，隨著陽的病情越來越嚴重，她和父母無法再出遠門，一家人就像被一根越縮越短的繩子綁住一樣。

只能生活在狹小的世界，那裡的空氣越來越混濁。

姊姊發作的頻率增加，而且脾氣越來越古怪。爸爸和媽媽精疲力盡，精神越繃越緊。

嘆息、衝突、悲嘆。家裡的氣氛越來越鬱悶。

自從日菜知道這一切的原因都是姊姊造成的，就覺得如果沒有姊姊就好了。這種想法就像雪球一樣越滾越大。

差不多就在這個時候，受到了親戚的邀約，要去參加那個派對。

爸爸和媽媽不希望放棄這個機會，於是就請保姆照顧姊姊，帶著日菜一起出門。

一輛擦得發亮的車子來接他們，他們三個人一起坐在寬敞的後車座，前往舉行派對的飯店——前往有許多快樂等待的燦爛地方。

沒想到……

即將抵達飯店時，接到了電話，說姊姊嚴重發作，被救護車送去醫院。

爸爸臉上的表情好像吃了很苦的毒藥，要求司機去醫院。

車子在號誌燈前轉彎，離飯店越來越遠。從燦爛的地方被繩子拉回姊姊身邊。

日菜覺得眼前漆黑，下一剎那，整個炸開了。

她一回到家，立刻拿出一個小盒子，裡面放了許多充滿回憶的寶貝。她從裡面拿出了姊姊以前為她用透明塑膠板做的小鳥。

她用剪刀把小鳥剪得粉碎。

以前自己曾經很羨慕姊姊。

年幼的自己因為體弱多病，經常躺在床上，覺得姊姊閃亮耀眼。

姊姊活潑好動，完全不輸給男生，而且成績優秀，大人經常讚不絕口。雖然是姊妹，但兩個人好像生活在不同的世界。

曾經有一天，由姊姊單獨照顧自己。姊姊說，那天她當媽媽，所以陪自己玩很多遊戲。日菜當時在姊姊面前很自卑，單獨和姊姊相處時感到很緊張，但如今只記得「和姊姊一起用透明塑膠板做玩具很開心」。

她用剪刀把透明塑膠板剪得粉碎，邊剪邊流淚。她也不知道為什麼會這樣。

幾年之後，爸爸和媽媽決定離開姊姊。

她覺得終於解脫了，她感受到滿滿的解放。

新家和新的生活，不再受到任何束縛，可以去任何地方，可以做任何事。

爸爸和媽媽成立了一家福利相關的公司，自己成為模特兒，很快就爆紅，每天的生活都很充實。

姊姊的事不時就像刺到手指的刺，讓她忍不住咂嘴，但漸漸忘記了這些事，一家三口平靜、幸福地過日子……

照理說，應該是這樣。

沒想到姊姊的結婚對象來到家裡，改變了這種狀況。

爸爸和媽媽並沒有忘記姊姊的事。

他們看到姊姊的結婚對象為她拍的照片，高興地說姊姊看起來很幸福，轉眼之間竟然說要見面。

說什麼姊姊的病或許可以治好。

目前正坐在去見姊姊的車上，要去舊家，去那個被繩子綁住的可怕地方。

日菜感到心浮氣躁。

她無法理解爸爸和媽媽的心情。

之前發生了那麼多事，他們竟然就這樣輕易接納姊姊。她無法認同這種情感。

之前一直那麼自由，三個人的生活順利舒適，現在卻覺得好像和父母之間有了隔閡，感到很不自在。

——如果——

如果姊姊又回到家裡。

如果爸爸、媽媽又和姊姊建立了良好關係。

自己應該無法融入其中，只能成為旁觀者。

簡直太莫名其妙了。她感到臉色發白。

三個人一起坐在寬敞的後車座。

爸爸和媽媽雖然緊張，但很振奮。就像之前去參加派對時一樣。

日菜無法和他們的感情產生共鳴。

只是回想起那天的結局，壓在心頭。

車子駛向姊姊所住的舊家，是不是又將被拉向那個受到束縛，空氣混濁的牢獄？

她感受到一種難以用言語形容的焦躁、憤怒和恐懼。

3

我在門口迎接陽的父母，他們下車時，一臉鄭重其事地向我點頭打招呼。

我一時不知道該用什麼態度對待他們，然後點頭打招呼說：

「午安。」

然後我們又相互鞠躬打招呼。大家都很緊張。

陽的家人一身正式服裝，在這個平靜晴朗的冬日下，看起來格外賞心悅目。寧靜清澈的空氣，好像元旦提前到來。

「請進。」我們走進大門進了屋。

正秀先生和千晶太太站在玄關，慢慢巡視著，似乎在確認是否有什麼地方和以前不一樣。

日菜一臉僵硬，低頭站在他們身後。我有點在意她的態度。

我率先走上樓梯。他們才是這棟房子的主人，卻由我帶路，這種感覺很奇妙。

冬日的陽光從大窗戶照進來。走廊上明亮而清淨。

「陽。」

我敲了敲門。

「可以進去嗎？」

「可以。」安靜的房子內清晰地響起小聲的回答。

我可以感受到背後的空氣繃緊。

「我要開門嘍。」我回頭看著他們，正秀先生和千晶太太點點頭，好像下定決心。日菜仍然沒有任何反應。

我轉動門把，打開了門。

陽站在熟悉的白色房間中央，做好微笑的準備。

我走進房間，用眼神向她示意。

——沒問題。

在確認之後，退到一旁。

然後，陽面對了她的家人。

這個瞬間，所有人都屏住呼吸。

會不會發作？

會不會造成她發作？

凝縮了往日痛苦記憶的時間在陽和她的家人之間一秒一秒流逝。

然後……

陽臉上的微笑放鬆了，笑得更深了……對著她的家人點點頭。

她的父母激動不已。

「……沒問題嗎？」

千晶太太戰戰兢兢地問。

陽聽了母親的問題，想了一下後回答：

「嗯。」

我第一次聽到陽這樣充滿稚氣的聲音。

「……仁哥給我看了照片，我瞭解了爸爸、媽媽當初是怎麼結婚的，然後……」

她吸吸鼻子。

「然後，我就想起了以前的事……以前那些美好的事。爸爸和媽媽那麼關心我……那麼愛我……」

她痛苦地皺著眉頭。

「對不起……」

正秀先生和千晶太太就像被海浪打到般愣在原地。這時，陽露出了像幼兒般哭喪的臉。

母親向前走了一步。

隔在她們之間的透明立方體好像突然消失了，她們走向彼此。

千晶太太張開雙手想要擁抱陽，但又猶豫起來，幾乎停下腳步。

這時，陽緊緊抱住了她。

千晶太太頓時熱淚盈眶。

陽把頭埋在千晶太太的肩上，什麼也沒說，只是微微地顫抖。

母親被女兒緊緊抱著，忍不住再次擔心地問：

「沒問題……嗎？」

陽的額頭在母親的肩膀上摩擦，點點頭，泣不成聲地說：

「……之前、對不起……」

千晶太太搖搖頭，緊緊抱著女兒。

光是這個動作，就可以感受到找回失去多年的東西。

我覺得自己在見證奇蹟。原來人的感情，父母和兒女之間……會發生這樣的奇蹟。

一直缺少的東西就在這裡。

之前，我一直為陽拍照。只拍陽一個人，拍攝她孤獨的身影。

但是，此刻我終於知道，這樣不行。

拍攝陽的攝影作品，無論拍幾千、幾萬張，都始終是未完成品。

「爸爸。」

陽叫著有所顧慮地站在一旁的父親。

正秀先生抿著嘴唇，下巴上露出一條青筋，然後露出微笑，準備走向女兒——

開什麼玩笑！

一個聲音像閃電般撕裂了房間。

日菜大叫一聲，衝出了房間。

我茫然地看著她離開的背影。

這時，一個人影穿越我的視野。

陽追了上去。

＊＊＊

幸村陽衝下樓梯去追妹妹。

「日菜！」

即使陽大聲喊叫，妹妹也不回頭，她沒有穿鞋子就衝出了玄關。她覺得只要衝出門，陽就無法追出去。

陽來到玄關，和妹妹一樣，沒有穿鞋——就衝出玄關。

她來到灑滿陽光的戶外。

冰冷的空氣刺在脖子上，隔著厚絲襪，柏油路面粗糙的感覺刺進腳底。

和夜晚不同，白天開放的空氣、清晰進入視野的住宅區，許許多多的東西和質感刺激著她的五感，朝向她的意識排山倒海而來。

但是，沒有任何問題。

「日菜！」

日菜這次轉過頭。

她看到陽來到戶外，驚訝地停下腳步。

陽跑到她身邊。日菜又想逃走，但陽伸手抓住她。

日菜想要掙脫陽的手，陽被她一拉，身體往前傾，差一點跌倒。

「啊！」

日菜立刻抱住了她，努力想要支撐她的體重，最後——日菜一屁股跌坐在地上。

陽抱著日菜，也跪坐在地上。

那裡是住宅區的馬路，姊妹兩人倒在離大門不遠的地方，形成了很不尋常的畫面。

姊妹兩人都因為奔跑而喘著氣。

陽吸了一口氣，在日菜的耳邊輕聲呼喚：

「日菜。」

她有話想要對日菜說。

「我之所以會生病……是因為很羨慕妳。」

日菜的眉間露出困惑。

「……什麼意思？」

「妳以前身體不是很虛弱嗎？」

陽想起來了。在看媽媽餵日菜吃麝香葡萄的照片時想起來了。

「妳經常發燒，媽媽都會在一旁照顧妳，爸爸和媽媽經常帶妳去醫院，然後我就一個人在家……」

沒錯。有一次陽生日，結果很晚才為她慶祝。

陽在說出口時，許多記憶就像燈亮起來般浮現在腦海。

因為日菜突然肚子痛，爸爸和媽媽就帶她去醫院，陽獨自面對冷掉的生日大餐和蛋糕，在家裡等了好幾個小時。

「所以……我很羨慕妳。」

日菜瞪大眼睛，似乎聽到了意想不到的話。

「……羨慕我？」

陽點點頭。

「有一次，我在學校被傳染流行性感冒，爸爸和媽媽帶我去醫院，就像妳平時那樣。回到家之後，很擔心地照顧我。那一次，妳也很照顧我。妳可能不記得了。那一次，我很高興……覺得很幸福，但是想到退燒之後，幸福的時光就會結束，我就很難過，所以，我在那時候發自內心地想……」

真希望一直生病。

陽在告白的同時，淚水濕了她的睫毛。那是她感到羞恥的淚水。

自己真的太蠢了。

「怎麼會這樣……」

「就是這樣，因為這是心病，心理的疾病，我自己想這樣，結果就真的變成了這樣。」

雖然無法將所有的一切說出口，但她心裡很清楚。

日菜茫然地看著半空，然後對她說：

「結果情況根本相反啊。」

「是啊……」

結果陽被疾病吞噬，也失去了和家人之間的維繫，失去了很多東西。

「……虧我之前還希望自己『當一個好姊姊』。」

沒錯。

那時候，日菜還在媽媽肚子裡。

「媽媽告訴我，我很快會有一個妹妹時，我很高興，看著媽媽的肚子一天比一天大，知道妹妹在媽媽肚子裡，有一種很奇妙的感覺，當時我下定決心，絕對要當一個好姊姊……」

日菜的雙眼突然濕潤。

「從現在開始，還來得及嗎？」

陽用帶著鼻音的聲音，像承載了雨滴的葉子般低下頭。

「我希望可以像當時發誓那樣，當妳的好姊姊。」

她懇切地要求。

她回想起小時候純潔的心情，她想要像暖爐般燃燒這種心情的溫度，透過緊緊抱著妹妹的雙臂，透過依偎的臉頰傳達給妹妹。

「從今以後，我要為爸爸、媽媽、仁哥，之前帶給他們困擾的所有人——」

說到這裡，她用力咳嗽起來。

日菜立刻鬆開她。

「怎麼了？妳沒事吧？」

陽調整呼吸後點點頭，對日菜露出柔和的笑容。

「只是咳嗽，因為很久沒有跑了。」

日菜皺起眉頭，但陽很高興。

「妳在擔心我。」

她緊緊抱住了妹妹。

「謝謝妳——我已經沒事了。」

妹妹沒有吭氣，但不再試圖推開姊姊。

這時，仁和陽的父母走過來，然後圍在一起。

尾聲

攝影展很熱鬧盛大。

因為入場參觀的人數有限制，位在澀谷商業大樓內的藝廊門口大排長龍，電梯門每次打開，就有幾個人排在隊伍的最後方。

「哇！」

一對情侶從電梯內走出來，看到有這麼多人排隊，忍不住驚叫起來。

「怎麼辦……」

「沒關係，那就去排隊啊。」

那對情侶走向隊伍的最後方，然後拿起了在中途看到的簡介。

『須和仁攝影展　愛的致意』

「啊，就是那個。」

女生指著隊伍前方的入口。

那裡有一道門，簡直就像是把某個人的家搬來了這裡。

「我看了影片，那道門後方重現了模特兒的房間。」

打開那道門，就像走進房間，所以一次無法容納很多人。這種設計反而吸引了觀眾的興趣，有一種像在遊樂園的遊樂設施前排隊的感覺。

負責維持隊伍秩序的工作人員向排隊等候的人說明簡介上介紹的內容。

下載APP之後，只要將手機的相機對準展示的作品和地點，就會出現解說和影片。

「通常導覽都要另外收費，這種方式真不錯。」

那對情侶聊著天，二十分鐘左右，就輪到他們。

他們帶著充分享受假日約會的輕鬆表情，打開入口的門。

投影機在白色房間的牆壁上投影了很多照片。

那是展示作品的摘要，除了有模特兒的照片以外，還有風景、其他人和像是以前的照片。

那對情侶看到這個像是萬花筒般的現代藝術空間，忍不住興奮地叫了起來。

「好厲害。」

「嗯。」

他們打量了一會兒，沿著箭頭參觀模仿模特兒住的房子的展場。

最先看到寫了『1. 和她相遇』章名的牌子，然後看到了這場展覽的主視覺圖——模特兒站在窗前的照片。

然後，隨著時間的順序，展示了模特兒吃蛋糕的照片、坐在汽車副駕駛座上，以及拿著煙火笑得很開心的瞬間。

最後一章出現了變化。

出現了和成為模特兒男友的攝影者合影。

還有和家人的合影。

以及邀請朋友在家中作客，輕鬆歡聚一堂的場景。

還有親朋好友一起參加的婚禮。

許許多多的照片好像填補缺失的東西。

然後，最後一張是——

模特兒抱著自己的孩子，臉上帶著充滿母愛的微笑。

攝影師簡介

須和仁

出生於神奈川縣，曾經師從戶根康。從認識了一位罹患罕見疾病的女性，到兩人結婚爲止持續拍攝的攝影集《愛的致意》引起極大迴響。富有主題性、故事性，以及展覽會的呈現手法在國外引起轟動，成爲第一位獲得具有國際性權威的「默達爾獎」之日本攝影師。目前，在從事攝影活動的同時，和家人過著幸福的生活。

春日 ハルヒブンコ 文庫

92

我和你的半徑之間

ぼくときみの半径にだけ届く魔法

我和你的半徑之間 / 七月隆文作 ; 王蘊潔譯. --
初版. -- 臺北市 : 春天出版國際, 2021.01
面 ;　公分. -- (春日文庫 ; 92)
譯自 : ぼくときみの半径にだけ届く魔法
ISBN 978-957-741-315-4(平裝)

861.57　　　　109019042

ISBN 978-957-741-315-4
Printed in Taiwan

作　　者	七月隆文
譯　　者	王蘊潔
總 編 輯	莊宜勳
主　　編	鍾靈
出 版 者	春天出版國際文化有限公司
地　　址	台北市大安區忠孝東路4段303號4樓之1
電　　話	02-7733-4070
傳　　眞	02-7733-4069
E－mail	story@bookspring.com.tw
網　　址	http://www.bookspring.com.tw
部 落 格	http://blog.pixnet.net/bookspring
郵政帳號	19705538
戶　　名	春天出版國際文化有限公司
法律顧問	蕭顯忠律師事務所
出版日期	二〇二一年一月初版
	二〇二一年十二月初版十刷
定　　價	399元
總 經 銷	楨德圖書事業有限公司
地　　址	新北市新店區中興路二段196號8樓
電　　話	02-8919-3186
傳　　眞	02-8914-5524
香港總代理	一代匯集
地　　址	九龍旺角塘尾道64號 龍駒企業大廈10 B&D室
電　　話	852-2783-8102
傳　　眞	852-2396-0050